KB188979

카피라이터의 일

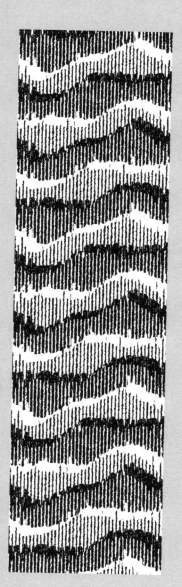

지우고
지워서
완성한

카피라이터의 일

오
하
림

흐름출판

오하림은 카피라이터의 일을 하며 만난 많은 이들 중에서도 특별한 동료였다. 팀의 카피라이터를 뽑던 어느 날 도착한 하림의 자기소개서는 책상에 놓인 수많은 서류 더미들 사이에서도 유독 눈에 띄었는데, 그녀의 단어 선택과 문장의 리듬이 특별했기 때문이다. 하림은 책상 위에서, 회의실에서 단어를 이리저리 굴려 조합하는 순간이면 좋아하는 과자를 앞에 둔 어린아이처럼 기쁜 표정을 숨기지 못했다. 함께 일하는 동안 우리는 대부분의 카피라이터들이 그렇듯 조사와 어미를 바꿔가며 문장에 매달렸고, 이걸 누가 알아본다고 이러고 있을까 허탈해 하다가, 가끔씩 정말로 그 차이를 알아보는 이들의 반응 앞에서 희열을 느꼈다.

카피라이터의 일이 단지 재미있는 단어들의 조합으로 대중을 즐겁게 만드는 일이 아니라 브랜드를 향한 오랜 고민 끝에 알맞은 목소리를 입혀 큰 소리로 외치는 일이라면, 오하림은 내가 아는 어떤 카피라이터들보다 진심으로, 그리고 매력적으로 이 일을 해내고 있다. 그리고 이 책은 그 과정들을 그녀 특유의 섬세한 단어들의 조합으로 빠짐없이 설명한다. 평범을 비범으로 바꾸는 팁들을 알차게 모은 뒤, '카피는 이래야 한다.' 라고 쉬운 말투로 표현한다.

드라마에 나오는 양념이 많이 쳐진 카피라이터의 일들이 아니라 진짜 카피라이터가 매일 어떤 고민으로 문장을 써내려 가는지가 궁금하다면, 생각과 문장의 힘으로 사람들의 마음과 브랜드의 앞날에 직접적인 영향을 미치는 이 매력적인 직업을 더 알고 싶은 후배들이 있다면, 망설임 없이 일독을 권한다.

— 유병욱, TBWA Executive CD, 《생각의 기쁨》 저자

《카피라이터의 일》은 '카피라이터는 어떻게 일하는가.'에 대한 11년 차 카피라이터의 솔직한 고백이자 고군분투의 기록이다. 또한 글로 사람의 마음을 움직이는 어느 카피라이터의 일급비밀이다.

광고 회사 카피라이터로 일하던 이를 아버지로 두고, 지금까지 수많은 카피라이터들과 함께 일해온 나는 이 책을 읽

으며 자연스레 아버지와 동료들의 모습이 스쳤다. 그래서일까. 이 책은 카피라이터를 꿈꾸는 이들에게는 훌륭한 지침서가, 이미 그 길을 걷는 이들에게는 깊은 공감과 용기를 선사할 것이라 믿는다.

— 안성은, 브랜드보이앤파트너스 대표, 《MIX》 저자

29CM 카피라이터 오하림 님의 《카피라이터의 일》을 한달음에, 게다가 밑줄까지 그어가며 읽었다. 내 안에서 화석처럼 굳어가던 언어와 사고가 깨어나는 기분이었다.

카피는 어떻게 써야 하는지, 카피라이터는 어떤 일을 하는지, 그리고 그들의 현실은 어떤지를 '어쩌면 이렇게 고급 한정식집 반찬처럼 깔끔하고 정갈하게 썼을까.' 감탄하다 작가의 이 말에 무릎을 쳤다. '카피라이터는 쓰는 것보다 지우는 것을 더 많이 한다.' 역시 퍼 담는 것보다 덜어내는 것이 좋은 글의 비결이었다. 이 책을 읽고 나니 새삼 카피라이터가 되고 싶어졌다. 낼모레 환갑이라 나이 제한에 걸리려나요.

— 권남희, 《스타벅스 일기》《혼자여서 좋은 직업》 저자

들어가는 글

쓰는 것보다 지우는 게 많았던
글과 일 이야기

2014년 봄에 펜을 들었으니 올해를 기준으로 카피라이터를 한 시간이 11년 9개월을 넘어가고 있습니다. 쉬었던 시간을 제외하면 저의 연차는 11년 초중반 어디쯤에 있을 것 같네요. 그 시간을 돌아보니 '카피라이터라는 직업을 이제는 알겠다.'가 아니라 '10년을 넘게 해도 도대체 모르겠다.'라는 아쉬운 소리가 나옵니다. 가끔은 이 직업에 대해 어렴풋이 알겠다가도 내일이면 업데이트되는 새로운 시련에 또 무너짐을 반복하기도 하죠.

　그런데 일이라는 게 그런 것 아닐까요. 모르기 때문에 놓지 못하고, 어렴풋이 닿을 것 같기에 나아갈 수밖에 없게 되는 것. 한 직업의 11년을 돌아보며 느낀 것은 이 일은 어떤 식으로든 알게 모르게 나의 생을 지탱하고 구원해

주었다는 것입니다(물론 절망까지도 데려다주긴 했습니다).

한 사람이 태어나고 죽는 그사이에 만나는 사람과 듣고 보는 것들, 먹고 사는 것들, 웃으며 화내는 것들은 필연적으로 직업의 영향을 받습니다. 그래서 이 책 또한 카피라이터라는 직업을 선택한 11년치의 얄팍한 지식과, 추억과, 고민과, 성장과, 후퇴, 웃음과 분노, 좌절과 희망의 합입니다. 카피라이터라서 특별한 일화도 있겠고 다른 직업과 크게 다르지 않은 이 나이 즈음의 고민도 실려 있습니다.

'이렇게 하면 된다.'까지는 아니지만 나름의 간략한 노하우도 담았고 이 시대의 직업인이라면 누구나 했을 고민을 카피라이터의 시선으로 풀어도 봤습니다. 책을 완성해나갈 때마다 너무나 멋진 카피라이터 선배들이 떠올라 '내가 감히 이런 책을'이라는 겁을 들여마시기도 했습니다만 나만이 줄 수 있는 것이 무엇일지 고르고 골라 단단하게 담고자 했습니다. 그리고 그런 노력을 눈치채 주신다면 미리 감사를 드립니다.

이 책을 만나는 모든 이에게 글만이 줄 수 있는 감동과, 전략적 메시지로서의 글의 유용함과, 또 글이라는 막연함에 대한 고민과, 글이라는 도구를 계속 써나갈 내일에 대한 이야기를 전하고 싶습니다. 글로 밥을 먹고살 수 있다는 것에 오늘도 감사함을 느끼며 지금부터 카피라이터의 일에 대한 운을 띄워보려 합니다. 이 책을 고르고 펼쳐주셔서 감사합니다.

9월의 어느 날
오하림

차례

추천의 글 ―5

들어가는 글 ―9

1부 ― 카피라이터의 일

카피라이터의 일 ―16

좋은 점을 찾아 큰 소리로 외치는 일 ―19

어떤 만화로 시작한 일 ―22

'굳이'를 사랑하게 되는 일 ―27

장면을 그려주는 일 ―29

쓰는 것보다 지우는 일 ―33

우리말이 좋아지는 일 ―37

문맹률이 0인 나라에서 카피를 쓰는 일 ―40

클리셰를 피하거나 재료로 쓰는 일 ―43

아무나 할 수 있는 말로,

아무나 할 수 없는 말을 하는 일 ―47

2부 ― 나를 만들었던 일

내가 좋아하는 회의 ―52

녹음실의 마법 ―55

손이 아닌 발로 쓰는 카피 ―60

잘 해봤자 본전이겠지만 ―66

일을 지탱하는 딴짓 ―69

나의 저변을 넓히기 위해 —77

카피라이터의 딜레마 —82

보는 것만 고수가 되지 않도록 —85

가장 많은 것을 담는 그릇 "왜?" —88

카피라이터는 어디까지 갈 수 있을까 —90

3부 — 지금부터 해야 할 일

살아남기 내 삶의 구원자는 결국 나 —94

맷집 창의력의 진짜 얼굴은 지루함 —97

번아웃 언젠가 반드시 온다 —100

확신과 의심 지금까지 일하게 하는 힘 —103

콤플렉스 단점 끝엔 항상 장점이 있다 —106

착각 그 착각이 데려다준 미래 —109

자존 언제나 위태로울 나에게 —112

내일 변하지 않기 위해 변해가야 할 —115

지속 모든 것은 불안으로부터 —118

재능의 발견 적당히가 되지 않는 일 —121

원동력 모른다는 사실이 주는 에너지 —124

마음가짐 옳은 길은 없다

　　　　　선택을 옳게 만들어갈 뿐 —128

일에 대한 다양한 답 —131

1부

카피라이터의 일

카피라이터의 일

"사랑이 아닌 단어로, 사랑을 말해주세요."라는 가사가 있습니다.* 누군가 제게 카피라이터의 일이 무엇인지 묻는다면 이 가사로 대답하겠습니다. 결국 카피라이터는 '우리 브랜드를 좋아해 주세요.' '이 제품을 구매해 주세요.' '그게 아니라면 한번만 눌러보시면 안 될까요?'라는 말을 해야 하는 사람이기 때문입니다. 하지만 모든 브랜드가 똑같이 사랑한다는 말을 해서는 절대 소비자의 선택을 받을 수 없겠죠. 그래서 카피라이터는 브랜드가 가장 자신 있어 하는 부분을 찾아내고, 그 브랜드가 할 법한 단어를 고르고 골라, 사랑해 달라는 뻔한 말이 아닌 단어로 이야기하는 역할

● 　가수 시소의 〈사랑이 아닌 단어로 사랑을 말해요〉

을 맡습니다. 종국에는 제품이 많은 이들에게 사랑받도록 만드는 일, 카피라이터의 일은 그런 것이라 스스로 정의를 내려봅니다.

조금 더 현실적인 예로 설명해 보겠습니다. 카피라이터가 있는 광고 회사는 단순하게 구분하면 기획팀과 제작팀으로 나뉩니다. 제작팀은 또 크게 카피라이터와 아트 디렉터로, 즉 글과 그림을 담당하는 두 부류로 나눌 수 있죠. 이 중 카피라이터는 '글'을 담당합니다. 광고에서 '글'로 표현되는 형태는 뭘까요? 광고 화면에 흘러나오는 자막, 모델이 입으로 내뱉는 대사, 그리고 기업의 전화번호나 심의 규정 등 아무도 보지 않는 작게 쓰인 정보까지 모두 카피라이터의 일이 됩니다. 더 나아가 단순한 CTA(Call to Action: 행동을 부르는) 문구를 '제품 보러 가기'로 할 건지, '제품 소식 구독하기'로 할 건지, '지금 구매하기'로 할 건지 등의 결정까지 카피라이터의 숙제이죠.

눈으로 보이는 '글자'만이 전부가 아닙니다. 글 쓰는 일은 카피라이터의 일 중 아주 일부에 불과합니다. 제품의 콘셉트와 테마부터 브랜드의 목소리를 정하는 것, 그다음 해야 할 말을 정하는 것, 매체에 맞게 짧거나 길게 글을 늘리는 것도 하죠. '카피라이터가 그런 것까지 해?' 싶은 일도 합니다. 브랜드에 알맞은 모델이나 성우를 고르는 것부터 녹음실에 들어가 내가 쓴 카피의 말맛을 잘 살리도록 디렉션을 주기도 합니다. 인스타그램이나 유튜브에 게시물을 업로드할 때면 제목과 아래 더보기란 설명 글까지 모두 카피라이터의 일이 될 수 있습니다.

사랑이 아닌 단어로 사랑을 말해달라는 어느 가사처럼, 뻔하지 않은 표현으로 브랜드만의 목소리를 찾아주고 매체에 맞춰 말과 글에게 적당한 옷을 입혀주는 일. 사진이나 영상보다는 존재감이 미미해 많은 사람들의 눈에 잘 띄지 않지만, 또 그만큼 자연스레 스며드는 것이 또 하나의 즐거움이기도 한 어느 카피라이터의 일을 지금부터 소개합니다.

좋은 점을 찾아 큰 소리로 외치는 일

"좋은 점을 찾아 큰 소리로 외치는 일."이라는 이 문장은 일본의 한 카피라이터가 자신의 직업을 정의하는 말로 썼던 말입니다. 카피라이터라는 직업을 설명하는 데 이보다 더 멋들어진 표현은 없을 거라 생각합니다.

좋은 점을 알아채는 능력은 이 직업의 대표적인 장점 중 하나입니다. 그런 말이 있어요. "재미없는 제품은 없다. 재미없는 카피라이터만 있을 뿐이다." 카피라이터에게 너무 가혹한 말이지만 세상의 모든 제품은 저마다의 개성이 분명 있고, 카피라이터는 그것을 반드시 찾아내야 하는 숙명을 지녔습니다.

Slou(슬로우)라는 매트리스 브랜드의 론칭을 준비하던 때였어요. 그때 한창 저가형 브랜드 매트리스 시장이 커

지면서, Slou는 남들보다 먼저 저가형 매트리스 시장을 노렸음에도 매트리스 조합을 연구하느라 출시가 다소 늦어졌죠. 새로운 시장에 1등으로 등장하여 가장 선두에 설 수도 있었지만 이 매트리스는 느리지만 잘 만드는 것을 선택한 겁니다. 그래서 당시 CD(Creative Director)님은 이 브랜드의 사랑스러운 포인트를 놓치지 않고 늦은 등장의 이유를 사람들에게 알리고 싶어 하셨죠. Slou라는 이름처럼 '느리다'라는 의미에 알맞고, 제 격식을 갖췄다는 의미를 담은 '제대로'라는 표현을 붙여 "느리게 그래서 제대로"라는 슬로건이 탄생했습니다.

최고의 매트리스를 만들고 싶었기 때문에, 최상의 편안함을 주기 위해 고민하다 등장이 늦어 미안하지만, 그렇기 때문에 최적의 매트리스 조합을 찾았고, 누구보다 잘 만들었다는 브랜드의 기특한 철학을 세상에 자랑하고 싶은 카피라이터의 마음. 그 마음이 진득하게 묻어나는 슬로건입니다. 이런 솔직하고 우직한 브랜드를 만나면 나서서 자랑하고 싶은 건 모든 카피라이터의 마음일 거예요.

작은 것을 '작지 않은 디테일'이라 포장하기도 하고 의심이 들 정도로 저렴한 제품을 '최고의 가성비'라 이름 붙이기도 하죠. 여기서 더 나아가면 일반적인 사무용 의자를 '마음까지 기댈 수 있는' 의자라 이야기 만들기도 하고 단순한 사무용 책상에 '가능성의 시작점'이라는 가치를 더하기도 합니다. 1등은 1등만의 이야기가, 꼴등에게는 꼴등만의 이야기가 있는 법이니 할 이야기는 너무나 많습니다. 이렇게 보니 카피라이터는 없는 말을 지어내는 것 빼고는 모든 것을 하는 것 같습니다.

온 세상이 남의 약점을 잡느라 바쁘고 단점을 숨기기에 바쁜데, 장점만 눈에 불을 켜고 찾아다니는 일을 한다는 것은 꽤 낭만적인 일이 아닐까 생각합니다. 그래서 자주 감동하고, 자주 사랑에 빠지게 되는 것이 습관이 된 건 덤입니다.

그런 마음으로 오늘도 한 카피라이터는 단 하나의 사랑스러움을 찾으려 머리를 싸맵니다. 이 브랜드, 이 제품만이 지닌 이야기를 큰 소리로 외치면 들어 줄 사람이 어딘가엔 꼭 있을 거라 믿으면서요.

어떤 만화로 시작한 일

여러분은 취향에 꼭 맞는 콘텐츠를 만나면 어떤 생각을 하시나요? '재미있다.' '친구에게 추천하고 싶다.' '더 보고 싶다.' 대개 이런 마음일 것 같은데요. 저는 그것을 '만든' 사람이 그렇게 궁금해지더라고요. 좋은 가사를 들으면 작사가를 찾아보고 좋은 물건을 만나면 그 브랜드의 이야기를 알아봅니다. 어떤 사람의 좋은 문장을 마주하면 그들의 다른 인터뷰를 읽어보고요. 무언가를 '만드는 사람'이 된 지금, 그 시작점을 찾아보면 '만드는 과정'을 궁금해하는 기질이 있었던 것 같습니다. 그걸 처음 깨워준 것은《강철의 연금술사》라는 만화였습니다.

《강철의 연금술사》는 만화가 아라카와 히로무(Hi-romu Arakawa)의 소년 만화입니다. 줄거리를 간단하게 설명해 보자면, 주인공인 엘릭 형제는 죽은 어머니를 되살리기 위해 금기였던 인체 연성 연금술을 시도합니다. 그러다 동생은 영혼을 뺀 인체의 모두를, 형은 팔 하나와 다리 하나를 잃게 됩니다. 그 후 형은 동생의 몸을 되찾기 위해 막강한 힘을 가진 '현자의 돌'이라는 것을 찾으려 국가 연금술사가 되죠. 형은 팔과 다리를 잃어 '오토 메일'이라는 강철로 된 의수와 의족을 쓰게 되는데요. 그래서 이름이 강철의 연금술사가 되었습니다.

스토리만 봐서는 그저 소재가 독특한 소년 만화로만 보일 수 있을 것 같아요. 그런데 저는 이 모든 이야기를 관통하는 한 문장에 마음을 다 줘버리고 맙니다. **"아픔을 동반하지 않은 교훈은 의미가 없다. 사람은 무언가를 희생하지 않으면 아무것도 얻을 수가 없다."** 바로 등가교환의 법칙입니다.

이 만화에 나오는 7명의 빌런을 예로 들어 볼게요. 라스(Wrath-분노), 러스트(Lust-색욕), 글러트니(Gluttony-식탐), 엔비(Envy-질투), 그리드(Greed-탐욕), 슬로스(Sloth-나태), 프라이드(Pride-교만). 이들은 우리가 잘 아는 '7대 죄악'에서 출발했습니다. 결국 파국을 맞이할 이 빌런들의 최후에는 등가교환의 법칙이 적용됩니다. 인간을 질투하던 엔비는 결국 질투를 인정하며 생을 마감해요. 모든 것을 먹어치우던 글러트니는 결국 동료 빌런에게 먹히며 죽고, 나태의 슬로스의 마지막은 누구보다 열심히 싸우던 모습입니다. 상대를 유혹하던 색욕의 러스트는 한 남자에게 매혹당해 죽음을 맞습니다.

기본적으로 이 만화는 '인간'과 '욕망'에 대한 깊은 고민을 건드립니다. 계속해서 독자에게 질문을 던지는 것이죠. 큰 힘에는 큰 대가가 따르는 법이고 욕망을 드러내는 만큼 돌려받을 것이라는 메시지를요. 여기서 잠깐, 앞서 제 마음을 움직였던 이 만화를 관통하는 문장엔 아직 말하지 않은 뒷부분이 남아 있습니다.

"아픔을 동반하지 않은 교훈은 의미가 없다. 사람은 무언가를 희생하지 않으면 아무것도 얻을 수가 없다. 하지만 그 아픔조차 뛰어넘어 자신의 것으로 만들었을 때 사람은 그 무엇에도 지지 않는 강철 같은 마음을 얻게 될 것이다." 바로 이 만화가 말하고자 하는 주요한 메시지입니다.

소년 만화가 전하는 메시지는 늘 비슷합니다. '마음을 강하게 가져라.' '정의롭게 살아라.'와 같은 것들요. 《강철의 연금술사》도 같은 결론에 도달하지만 많이 다르지 않나요? 하나의 메시지를 전하는 방식이 말이죠. 강해서 이기는 것이 아니라 원하는 것만큼 잃으며 그 소중함을 알아가는 주인공의 서사, 단순한 악이 아닌 인간의 욕망에서 비롯된 빌런의 존재들로 전하는 가치들, 그리고 그걸 전하는 높은 완성도에 마음이 이끌렸습니다.

당시 학생이었던 저는 이 콘텐츠를 접하면서부터 수없이 많은 질문이 생겨났습니다. '무슨 생각으로 만들었을까, 어떻게 만들었을까, 누구와 만들었을까, 왜 그렇게 만들었을까, 어떤 회의를 거쳤을까, 어떤 반응을 기대했을까, 의도한 것은 무엇이며 예상과 다르게 흘러간 것은 어떤 것이 있을까…' 한 콘텐츠 뒤의 수많은 '만드는 사람'의 모습이 궁금하게 된 첫 순간이었죠. 그리고 그 질문은 저를 여기까지 데려다주었습니다. 잘 만든 콘텐츠 뒤의 이야기가 너무 궁금한 사람이었기에 직접 기획하고 만들어보며, 노림수를 넣어보고 반응을 살피는 카피라이터가 되지 않았나 싶어요.

가끔 대학생이나 마케팅 종사자를 대상으로 강의를 하면 "처음부터 카피라이터라는 직업을 명확하게 꿈꿨나요?"라는 질문을 많이 받습니다. 이 글은 그 질문의 답이기도 합니다. 생각보다 꿈의 시작점이 거창하지 않았죠? 그저 좋아하는 수많은 것 중 조금 더 나를 움직이게 했던 것을 향해 우당탕탕 굴러갔더니 카피라이터가 되었습니다. 누가 알았을까요? 한 카피라이터의 시작이 소년 만화일 줄은.

내가 선택한 직업이 정말 내게 맞는지, 계속해서 이 길을 걸어야 할지 막연할 때가 오기도 하는데요. 그럴 때면 나와 그 직업의 교집합을 찾아보는 건 어떨까요? 궁금해하고 들여다보며, 만들어보고, 다른 말을 찾으며 메시지를 전하는 것을 즐거워하던 어느 카피라이터의 시작이 27권짜리의 소년 만화였던 것처럼요. 우연히 알게 된 나의 모습이 또 새로운 길을 열어줄지 모릅니다.

'굳이'를 사랑하게 되는 일

어린이용 의자를 만드는 회사가 있습니다. 그런데 이 회사가 아이들의 약한 피부를 위해 까끌까끌한 봉제선을 피부가 닿지 않는 위치로 굳이 옮겼다고 해요. 여러분은 이 사실을 알게 되면 어떤가요? 이렇게 사려 깊은 브랜드를 조금이라도 좋아하게 되지 않나요?

어떤 브랜드는 작은 사무실에서 일하는 스타트업 기업을 위해 보통 벽에 붙여놓고 사용하는 책장을, 좁은 공간을 나누는 파티션으로 활용할 수 있도록 만들었다고 해요. 그래서 굳이 책장 뒤판의 볼트 자국을 없앴다죠. 이 사실을 알게 되어도 아마 이 브랜드가 좋아질 겁니다.

이렇듯 모든 브랜드에는 '굳이'에 담긴 이야기가 있습니다. 봉제선을 아래로 '굳이' 내린 의자 브랜드, 볼트 자국을 '굳이' 없앤 브랜드. 의자 브랜드는 그만큼 아이들을 사랑한다는 것일 테고, 볼트 자국을 없앤 가구 브랜드는 사용자의 상황과 환경을 생각한다는 말을 전하는 것이겠죠. 카피라이터는 이렇듯 사소한 '굳이'에 담긴 이야기를 발견하고, 세상에 큰 소리로 대신 외쳐주는 역할을 해야 합니다.

이 '굳이'는 꼭 브랜드가 아니어도 일상 속에 퍼져 있습니다. 회사 사무실 근처에는 작은 카페가 하나 있는데요. 사장님이 작고 흰 강아지를 키우는 모양이에요. 계산대 앞에 '굳이' 강아지 사진을 붙이고 이름을 써 놓았더라고요. 그걸 안 이후부터 저는 아직 마주쳐 본 적 없는, 가끔 출근하는 강아지를 만나길 기대하며 저도 모르게 강아지가 있는 카페로 향하더라고요. 이처럼 '굳이'에는 애정이 담겨 있고 '이야기'가 담겨 있고 그것은 생각지도 못한 힘을 발휘합니다. 이 '굳이'에 담긴 '이야기'만으로 우리는 여러 가지 형태로 비친 '사랑'을 보는 거죠. 그리고 보는 사람을 미소 짓게 하고 또 행동하게 만들고요.

그러니 카피라이터는 자주 사랑에 빠질 수밖에 없는 것 같습니다. 다른 사람이라면 지나칠 사소한 것에 눈이 가는 기질, 카피라이터의 첫 번째 조건이 있다면 '굳이'를 발견하고 사랑하는 힘이 아닐까 싶어요.

장면을 그려주는 일

카피라이터는 브랜드와 제품의 장점을 발견해서 전달하는 역할을 한다고 앞서 말씀드렸죠. 하지만 제품을 '잘' 설명하는 것에는 분명한 한계가 있습니다. 그렇기에 한 발 더 나아가 이 제품을 썼을 때에 소비자가 얻게 되는 이득을 눈에 그려주는 기술이 필요합니다.

공급자 시각에서 사용자의 시각으로 빙의해 '어떤 표현이 내 마음을 움직일까.' 하고 눈앞에 그려보는 거예요. 매일 입는 옷으로 예시를 들어볼까요.

옷은 계절을 탑니다. 게다가 스타일별로 소재가 정말 다양하죠. 브랜드는 보통 자신의 제품들을 설명할 때 소재의 명칭을 알려줍니다. 그런데 소비자들은 전문가가 아니기에 소재를 다 알기는 힘들죠. 그래서 저는 피부에 닿는 감각으로 장면을 그려주곤 합니다. 나일론(Nylon)으로 말하는 것보다 '바스락거려 시원한 치마'로, 소재가 얇아 바람에 쉽게 흔들리는 시폰(Chiffon)은 '바람이 완성하는 하늘하늘함'으로, 스타일링의 기본 기법 중 하나인 레이어드(Layered)는 '겹겹이 쌓아보는 아름다움'으로 표현하죠.

주얼리는 옷보다 조금 더 어려운데요. 소재는 한정적인데 디자인과 분위기로 승부를 봐야 하거든요. 그래서 몇 번 더 머리를 굴려야 합니다. 이를테면 '반짝'이고 '포인트'가 되는 주얼리 카테고리만의 특징을 가지고도 이렇게 변주할 수 있어요. '내 몸 곳곳의 빈자리를 채워주세요' '모두의 시선이 여기로' '반짝이는 오늘로' '은은한 존재감' '덕분에 빛난 여름'과 같이 말이죠.

만약 길게 뻗어 유려한 선이 특징인 주얼리라면 '내 몸에 흐르는 시선'으로, 예쁜 하트 펜던트가 포인트라면 '슬쩍 꺼내놓은 마음'으로요. 형태를 기반으로 가치를 투영해 봅니다. 단순한 '14K 주얼리'라는 사실보다 내가 직접 착용했을 때 어떤 시선과 어떤 아름다움을 취할 수 있는지에 대한 장면을 눈에 그려줄수록 더 갖고 싶어질 거라 생각해요. '나라면 어떨까?'를 계속 대입해보는 거죠.

손에 잡히지 않는 계절과 분위기를 눈에 그려줄 수도 있습니다. 봄의 푸릇한 색감을 닮은 침구는 '집에 봄을

들이는 법'이라고 이야기를 할 수도 있고요. 잔잔한 조도의 무드등으로 딱 좋은 조명은 '밤의 친구'라고 부를 수도 있죠.

같은 것을 같지 않게 이야기를 붙이고 눈에 그려주는 기술. 다소 과장될지는 몰라도 들으면 즐겁고 재미있는 표현을 써 내려가는 카피라이터를 다른 말로 이야기꾼이라고 부를 수 있을지도 모르겠습니다.

이 모든 걸 다 외우고 다닐 수는 없기에 저는 '단어 창고'를 꾸려 놓습니다. 회사에서 일할 때에도 사용하고 편지나 책을 쓸 때도 하나둘 꺼내 쓰곤 합니다. 언젠가 눈에 보이는 글을 쓰고 싶다면 자신만의 표현 창고를 만드는 것도 방법이 될 거예요. 그리고 제 단어 창고가 도움이 되기를 바라며 살짝 공개해 봅니다.

봄	여름	가을	겨울	춥다
따스한	뜨거운	걷기 좋은	시린	매서운 추위
피어나는	데일 듯한	걷고 싶은	코끝이 빨개지는	깨질 듯한 추위
살랑이는	푹푹 찌는	차분해지는	움츠러드는	
움트는	한여름	외출이 좋아지는	집에만 있고 싶은	

싸다	베스트셀러	추천과 제안
기분 좋은 가격	여전한 인기	추천해요
가볍게 고르는	후기가 증명한	어떤가요
최선의 아이템	인기 있는 이유	모아봤어요
합리적인 선택	늘 사랑받는	만나세요
역대 가장 합리적인	많이 찾는	취향껏 골라보세요
어디에도 없는 가격	이목이 집중	살펴보기
다시 볼 수 없는 가격	모두가 사랑하는	모아보기
가볍게 담을 수 있는 가격	베스트 아이템	눈여겨보던
지금 최선의 아이템	~의 대명사	지금이 기회
선물 같은 혜택	~의 정수	엄선한
기분 좋은 혜택	~의 클래식	고르고 고른

쓰는 것보다 지우는 일

카피라이터가 무슨 일을 하냐 물으면 당연히 첫 번째로 쓰는 일을 한다고 대답합니다. 하지만 두 번째로 가장 많이 하는 일은 지우는 일이기도 합니다. 말장난이 아니라 정말로요. 가장 중요한 정보만을 남겨서, 그것 하나만이라도 사람들의 머리와 가슴속에 남겨야 하는 일이기 때문입니다. 그래서 지우는 행위는 카피를 완성하는 중요한 과정 중 하나입니다.

브랜드 입장에서는 세상에 좋다는 수식어를 모두 쓰고 싶죠. 그 마음 너무 이해해요. 많은 비용과 인력으로 열심히 만들어낸 제품에 좋은 말을 얼마나 붙이고 싶겠어요. 하지만 카피라이터는 읽는 사람을 위해 쓰는 사람이기에 읽는 사람의 에너지도 고려해야 합니다. 우리는 하루에 너무 많은 정보를 받아들이고, 그 정보 속에서 선택 혹은 사랑받아야 하는 막중한 책임이 있으니까요.

쓴 것을 한번 지워볼게요.

쓴 것을	지워보면
재활용 소재로 만들어진	재활용 소재로 만든
떠오르고 있는	떠오르는, 주목받는
캐주얼하게 착용 가능한 제품입니다.	캐주얼하게 입어보세요.
메리제인 슈즈입니다.	메리제인입니다.
SPRING 브랜드 세일	봄맞이 혜택
과반수 이상의 찬성이 필요합니다.	과반수의 찬성이 필요합니다.
저는 좋은 것 같아요.	저는 좋아요.
하지 않으면 안 된다.	해야 한다.

우리가 쓰는 말에는 생각보다 덜어낼 것들이 많습니다. 덜어내고 나면 문장도 깔끔해지고 길이도 짧아져서 단숨에 읽을 수 있으니 효율적이기까지 합니다.

지우는 일에는 또 다른 방법이 있습니다. 있는 사실을 더 매력적으로 만드는 작업인데요. 브랜드에서 말하고픈 많고도 어려운 장점들 중, 가장 좋은 것을 골라서 고객의 눈높이와 언어로 맞춰 발신하는 작업이죠. 보통 설명문보다는 짧고 확실해야 하는 메시지를 작성할 때 많이 쓰는 방법입니다.

복잡한 사실을	짧고 매력 있는 메시지로
신혼 침대를 살 때 30만 원 더 투자하면 더 좋은 침대를 사서 오래 쓸 수 있다.	- 신혼 침대, 시작부터 제대로 - 길게 보는 신혼 침대 생활
겨울철 외출에도 무리 없이 따뜻해 겨울을 즐길 수 있는 패딩 슈즈	겨울엔 겨울의 신발이 있다.
쓰는 사람의 행동을 고려해 길이와 폭, 마감을 신경 쓴 책상	당신으로부터의 책상
백두산에서 시작한 이 천연 암반수는 다른 물과 다른 품질을 갖고 있다.	물은 자연이 실력이다.

지우고 보니 처음과는 다르게 새로운 옷으로 갈아 입었습니다. [1]복잡한 사실에서 [2]가장 중요한 사실을 추출하고, 그것을 [3]고객이 받아들이기 매력적인 단어를 골라 새로이 탄생시키는 작업입니다. 지우기이면서 동시에 새로 태어나기랄까요.

맛집을 찾을 때 쉽고 끌리는 제목의 블로그를 누르는 것. 서점에서 표지나 목차를 보며 책을 고르는 것. 마트의 수많은 라면 중 내가 좋아하는 맛을 표현한 포장지를 보고 집어 담는 것. 이처럼 블로그부터 마트 나들이까지 모두 '지우기'를 하고 동시에 '하나만 남기기' 전쟁을 하고 있습니다.

　　맛집 블로그, 주말의 서점, 저녁의 마트. 이처럼 세상의 거의 모든 글은 좋은 선생님이 되어 또 다른 지울 것들을 가르쳐주곤 합니다. 이러니 카피라이터의 일을 설명할 때에는 '쓰는' 것보다 '지우는' 것에 초점을 맞춰야 할지도 모르겠습니다.

우리말이 좋아지는 일

글을 도구로 쓰는 직업이기 때문일까요. 아무도 강요한 적 없지만 언젠가부터 작은 책임감을 품게 되었습니다. 가능하면 우리말을 사용하자는 것인데요. 사실 투철한 직업 정신이나 사명감에서 비롯됐다는 등의 거창한 이유는 아닙니다. 우리말을 위한 일종의 책임감이자 더 좋은 결과물을 만들어내기 위한 이성적 선택에 가깝습니다. 왜냐하면 많은 사람들에게 더 '쉬운 말'이기 때문입니다.

저에게는 15초의 TV 광고를 만들든, 온라인 쇼핑 플랫폼의 크고 작은 배너를 쓰든, 동일하게 적용하는 기준이 있습니다. '중학교 2학년이 봐도 바로 이해할 수 있는 표현을 고르자.'라는 것인데요. 제가 10년 넘게 만들어낸 모든 제작물은 그런 기준으로 써왔습니다. 나이 어린 사람이 봐도 이해가 쉬운 문장을 이끌어내는 데는 저 나름의 방법이 있습니다.

한 가지는 영문을 최대한 국문으로 쓰려고 노력하는 것입니다. 터치감을 '촉감'으로, 컬러감을 '색감'으로, 아더 컬러를 '다른 색상'으로, 무드를 '분위기'로, 시즌 리스를 '계절에 상관없는'으로 바꿔 쓰는 방법인데요. 외국어로 쓰면 조금 그럴듯해 보이긴 하지만 판매하고자 하는 제품을 제대로 전하려면 노력 없이도 바로 이해되는 쉬운 표현이 훨씬 유리합니다. 아침에 눈을 떠서 다시 잠들 때까지 하루 동안 정말 많은 단어와 이미지를 마주하잖아요. 그 사이에서 생존하기 위해서 저는 멋보다 살아남기를 택했습니다.

두 번째 방법은 첫 번째 방법에서 한 발짝 더 우리말로 데려오려는 것입니다. 영문을 결국 쉽게 바꿔도 결국 한자어가 되는 경우가 많더라고요. 한자는 알면 효율적이고 유용하지만 모른다면 그 의미를 해석하기가 쉽지 않죠. 제가 정한 가상의 대상은 중학교 2학년 학생이니까요.

예를 들어 '높은 범용성'이라는 말을 만났다고 칠게요. 이를 쉽게 풀어주면 '어디에나 매치하기 좋은' 혹은 '어디에나 착용하기 좋은'이라고 할 수 있습니다. 하지만 '어디에나'는 그저 단순한 사실로만 느껴져서 매력이 없고, '매치'나 '착용'은 여전히 영어와 한자어에 머물러 있어요.

그래서 마침내 '두루두루'에 도착하게 됩니다.

두루두루, '여기저기 빠짐없이 골고루'라는 뜻의 부사인데요. 순우리말이라 그런지 입안에서 맴도는 느낌도 좋고 표현 자체만으로 긍정적인 느낌이 있어요. 몇 번의 고민을 거쳤더니 '높은 범용성'은 '두루두루 입기 좋은'이 되었습니다.

학습 전용 IT 기기는 '공부를 척척 돕는 IT 기기'로, 그냥 추운 겨울이 아닌 '살을 에는 찬 겨울바람'으로, 그저 더운 여름이 아닌 '땀이 송골송골 맺히는 여름', 바탕이 아니라 '밑동', 완전히보다는 '아주', 근면보다는 '부지런', 정착보다는 '자리 잡다'가 있습니다.

쉽게 쓴다면 더 많은 사람들이 알아볼 테고, 독자가 메시지를 이해하려 노력하는 시간은 획기적으로 줄어듭니다. 그렇게 아낀 시간을 브랜드의 매력이나 혜택을 강조하는 데 쓴다면 상업적으로도 완벽하고 글을 도구로 삼는 직업인으로서도 가슴을 펼 수 있겠습니다. 아름다우면서 효율적이고 쉽기까지 한 표현들. 카피라이터라면 우리말이 좋아질 수밖에 없겠죠?

문맹률이 0인 나라에서 카피를 쓰는 일

문맹률이 거의 0에 수렴하는 나라에서 카피라이터를 한다는 것은 신기하고도 동시에 무서운 일입니다. 심지어 많은 사람들이 '글'이라는 도구를 읽고 쓸 줄 아는 시대에 '글'을 활용해 일한다는 것은 쉬우면서도 어려운 일입니다. 그래도 스스로 선택한 밥벌이의 수단이 결국 '글'이었던 이유를 말해보려고 합니다.

어렸을 때부터 만화책이나 애니메이션을 보고 자랐습니다. 그래서인지 콘텐츠 소비하기를 정말 좋아했어요. 그럼에도 '글'은 조금 예외였는데요. 그땐 글이란 아주 비효율적인 수단이라고 생각했어요. 한 권의 책을 읽으려면 우선 서점에 가서 사야 하고, 무겁게 들고 다녀야 하고, 틈내서 읽어야 하니까요. 그뿐인가요, 써 있는 거라곤 글뿐이니 상상까지 해야 하죠. 이 모든 과정은 시간과 노력이 꽤 많이 든다고 생각했고 실제로도 그러했습니다. 그럴 바엔 미술과 음악, 연출, 대본, 연기를 한 번에 짧게 보여주고 심지어 재밌기까지 한 영화 한 편 보는 게 시간 대비 효율적이라 생각했죠. 그런데 시간이 지나 보니 가장 효율적이고 오래 남아 있는 건 글이었습니다.

좋은 책 하나를 읽고 난 후 2-3주간, 그 책에서 읽은 표현을 쓰고 있는 저 자신을 발견했거든요. 생소한 단어도 있었고 잘 쓰지는 않지만 저의 기분을 명확히 말해주는 표현도 있었습니다. 그런데 책을 읽는 시간 동안 자연스레 책 속 문장이 제 머릿속으로 흘러 들어온 거죠. 그리고 그게 몇 주간 다시 제 입에서, 글에서 다시 출력되고요. 기분을 조금 더 풍부하게 전달하는 모습을 스스로 마주하면, 또 책을 읽고 싶어질 수밖에 없었습니다. 그런 제 모습이 저는 마음에 들었거든요. 그때 알았죠. '글의 효능이란 이런 거구나. 그래서 결국 글이구나.' 하고요.

글을 읽는 쪽이 있다면, 쓰는 쪽도 있으니 이제 '쓰는 글'의 효능을 이야기해 볼까 해요. 여러분은 언제 글을 쓰시나요? 루틴에 따라 쓰시나요, 감정에 따라 쓰시나요? 부끄럽지만 전 화가 날 때 글을 자주 씁니다. 이렇게 말할걸, 저렇게 말할걸 후회를 잘하는 스타일이라 그렇습니다. 그런데 침대 위에서 하면 '이불킥'밖에 되지 않지만, 책상 앞에서 글로 쓰면 글다듬기 연습이 됩니다. 감정이 다듬어지는 건 덤이고요. 쏟아내며 글을 쓰면 화가 풀리기도 하고, 내 잘못을 돌아볼 기회가 되어 다신 그러지 않기로 마음먹는 시간이 되기도 해요. 글이 그런 시간을 선물처럼 주더라고요.

거의 국민 모두가 글을 읽고 쓸 줄 아는 나라에서 카피라이터를 한다는 것은 매우 즐겁지만 어렵고, 두렵지만 결국 나를 성장하게 만듭니다. 제가 느낀 글의 가치와 효능에 보답하기 위해, 세상 곳곳에 많은 브랜드의 이야기를 다양한 목소리로 잘 전달하기 위해 저는 글이라는 도구를 더 사랑해 보려고 합니다.

읽고 쓴다는 보이지 않는 행위가 얼마나 진하게 내 안에 남아 있는지 돌아보거나, 경험해 보세요. 평생 읽고 쓸 글을 사랑하는 건 우리 모두에게 가치 있는 일이 될 거예요.

클리셰를 피하거나 재료로 쓰는 일

어느 예능에선가 가수 성시경 님이 "짜증이 텍사스 소 떼처럼 몰려온다."라는 표현을 한 적이 있습니다. 그 표현이 아직까지 기억에 남는 이유는 단 하나인데요. 얼마나 짜증이 났으면 드넓은 텍사스 평야 위 무서운 기세로 땅을 울리며 뛰어오는 소 떼로 묘사를 했을까요. 그 '얼마나'의 수준을 조금 상세히 함으로써 모니터 뒤의 한 시청자가 아직까지 그 짜증의 순간을 기억한다는 사실은, 글 쓰는 직업을 가진 저에게 기념할 만한 사건이었습니다.

또 김영하 작가는 강의를 듣는 학생들에게 '짜증 난다.'라는 말을 쓰지 않고 글을 써보라는 미션을 주기도 했다죠. 우리는 언어가 가지는 함축적이고 효율적인 표현 덕분에 대화를 빠르고 쉬이 주고받을 수는 있지만 시간이 갈

수록 이미 약속된 뻔한 언어로 이야기하는 표현의 평준화
가 이루어집니다. 작가로서 이 점이 몹시 아쉬워서 그런 미
션을 주지 않았나 김영하 작가의 마음을 짐작해 봅니다.

사람들의 눈에 띄어야 하고 '엇?' 하며 뒤돌아보는 일
명 어그로®가 필수인 카피라이터의 일은 당연하게도 평준
화된 화법과 달라야 합니다(단, 브랜드가 가진 캐릭터를 해치
지 않는 선에서 말이죠).

우선 말 걸기에는 날씨만 한 게 없습니다. '너무 덥
다.' '너무 습하다.' '비가 엄청 온다.'라는 표현에 '얼마나'를
표현할 구체적인 표현을 실어보면 어떨까요? '단 1분도 걷
고 싶지 않은 온도' '숨이 턱 막힐 듯한 습도' '기분까지 끈
적한 비 오는 날' '하늘에 구멍이 뚫린 듯한 폭우' '코끝이
쨍! 하고 깨질 듯한 겨울'처럼 눈에 그려주는 거죠.

글을 쓰는 지금은 8월의 한가운데입니다. 유난히 푹
푹 찌는 습도에 못 이겨, 오늘 아침 동료에게 '하느님의 뜨
거운 정수리 냄새를 맡는 것 같은 날씨'라고 표현했어요.
이 기분 나쁨을 더 잘 전달하고 싶었기 때문이죠(이 말을 들

- 사람들의 눈길을 끌거나 분란을 일으키기 위해 인터넷 게시판 등에
  서 자극적인 내용이나 낚시성 제목을 쓰는 행위. '골칫덩이'를 뜻하
  는 Aggro에서 유래되었다.

은 친구는 미간을 찌푸리고 손사래를 치며 그 표현이 싫다고 했으니 성공적인 카피라이팅이라고 생각하려 합니다). 이렇듯 구체적이면 선명해지고 날카로워집니다. 시작은 온도만을 표현하는 더위였으나 더 오래 생존하는 건 구체적인 더위입니다.

'얼마나'의 구체성을 더하는 순간 날씨는 구매욕을 불러일으키는 밑밥이 됩니다. 이미 구체성의 매력에 마음을 열었기 때문이죠. '얼마나 짜증 나는 일을 얘기해줄 심산이길래 텍사스 소 떼로까지 비유한 걸까?' 하면서요. 단순히 '짜증이 난다.'였으면 색다른 내용을 기대하는 마음이 크지 않았을 거예요. 진부해서 금방 잊히는 클리셰를 아주 영리하게 피할 수 있습니다.

그런데 만약 모두가 구체적이게 말한다면 어떨까요? 저는 좀 피곤할 것 같아요. 그러니 클리셰가 늘 뻔하지만 결국 선택받는 이유 또한 놓치면 안 되겠습니다. 구체성에는 이해하고 받아들이는 시간이 필요합니다. 재미나 근거를 제시해야 하니까요. 하지만 '오늘이 마지막!' '곧 품절!' '1개 남았어요!'라는 말에는 즉시 가슴이 초조해지죠? 저는 구체성을 챙기되 클리셰는 뻔한 대신 인간의 본능까지 곧바로 도달하는 하이패스를 기본 장착하고 있다는 점 또한 잊지 않으려고 합니다.

결국 뻔함을 잘 이용하는 법도, 그걸 깨는 법도 모두 글 쓰는 사람의 재료가 될 수 있다는 말을 하고 싶었어요. 모두 쓸 수 있다면 좋으니 클리셰의 길도, 구체성의 길도 열어놓기를 바랍니다. 두 갈래 길의 끝까지 잘 다녀온다면 양손 든든히 표현 가방을 든 부자가 되는 건 어려운 일은 아닐 거예요.

아무나 할 수 있는 말로,
아무나 할 수 없는 말을 하는 일

창의력의 세계를 논하는 저명한 인물들은 하나같이 같은
말을 합니다. "비범한 것들은 평범한 것들에게서 태어난
다."라고 말이죠. 카피라이터도 마찬가지라고 생각합니다.
글을 도구로 한다고 해서 일필휘지로 한 번에 엄청난 글을
써낸다거나, 미국 드라마 〈Mad men〉처럼 위스키 한 잔을
하며 창밖을 바라보다 어느 순간 머리 위에 전구가 번쩍!
하면서 지나가던 동료가 박수 칠 만한 한 줄이 탄생한다거
나, 국민 모두가 따라 할 중독성의 유행어나 신조어를 만들
어내는 일은… 단호하게 말하자면 없습니다. 대부분의 카
피라이터는 이미 일상에서 자주 쓰는, 아무나 할 수 있는
말 사이에서 말을 고르고 고른 후, 합치고 더하고 덜어내어
가장 알맞은 메시지로 만들어내는 아주 지루한 과정을 거

쳐 카피를 쓰고 있을 겁니다.

　아무나 할 수 있는 말 사이에서 골라야 하는 첫 번째 이유는, 이미 아는 말은 사람들에게 별다른 설명이 필요 없기 때문입니다. 마케팅, 브랜딩, 세일즈를 위한 카피라이팅은 기본적으로 사람들을 행동하게 만드는 것에 목적을 둡니다. 그러니 사람들에게 알려야 하고, 또 좋은 점을 교육해야겠죠. 그런데 말이 어려우면 그 말을 설명해야 하는 시간과 지면이 필요해집니다. 그것은 다 비용으로 돌아오죠. 그러니 이미 아는 말에서 출발하는 것은 커뮤니케이션의 비용을 아끼는 좋은 방법이 됩니다.

　두 번째로, 모두가 아는 쉬운 말일수록 많은 사람들에게 닿을 수 있습니다. 마찬가지로 같은 비용으로 최대한 많은 사람에게 닿을 수 있는 메시지가 당연히 같은 비용으로 더 좋은 결과를 가져오겠죠.

　세 번째로, 사실은 개인 취향입니다. 메시지를 만드는 방법은 카피라이터의 수만큼 답이 있다고 생각해요. 하지만 적어도 제가 겪어온 브랜드와 마케팅 캠페인에서 얻은 나름의 답은, 아무나 할 수 있는 말을 재료로 아무나 못하는 말을 만들어내는 메시지가 좋은 효과와 반응을 얻어낸다는 것입니다. 선배와 회사가 준 소중한 경험을 재료로 깨달은 하나의 이치인 거죠. 그리고 정말 멋지지 않나요?

아무나 할 수 있는 말로, 아무나 할 수 없는 말을 만들어내는 일이라니.

이 예시는 우리 주변에도 쉽게 찾을 수 있습니다. 가장 직관적이고 강렬한 메시지인 알림과 경고 문구로 예를 들어볼게요.

'주의'보다는 '조심하세요'라는 다정함이 깃든 말이, '흡연 금지'보다는 '자라나는 아이들을 위해'라는 정확한 대상이 있을 때가, '변기에 휴지 넣지 마세요'보다는 '변기 물이 자주 넘쳐 직원이 힘들어해요'라는 누군가를 신경 쓰게 만드는 말이, '우산 챙겨가세요'보다 '아 맞다 우산!'이라는 행동으로 옮길 수 있는 위트 있는 말이 더 기억에 남고 납득하게 되지 않나요? 특별하지 않은 말에서 눈에 탁 걸리는 메시지가 되는 마법은 이렇게 일어납니다. 여기에 어려운 단어나 표현은 없습니다. 오히려 너무 쉽기만 하죠.

그러니 세상 모든 것들은 재료가 됩니다. 아주 큰 장점이자 아주 막연한 단점인데요. 그래서 인터뷰나 후배들의 질문에서 '어떻게 영감을 얻느냐?' 하는 질문을 들을 때엔 주로 이렇게 대답합니다. "세상 모든 곳에 이미 영감은 흘러넘치고 있어요."라고요. 또한 '말맛'이 살아 있는 메시지들은 잘 다듬어진 곳이 아니라 허름한 골목 안, 동료의 포스트잇 속 낙서, 그리고 매일 주고받는 친구와의 잡담 속에 더 많이 숨어 있다고요.

카피라이터에겐 전단지도, 친구의 장난도, 유튜브의 댓글
도, 예능의 자막도 새벽의 감성도 모두 선생님입니다. 이미
주변에 재료는 가득하므로 안테나를 높여 별것 아닌 말의
가능성을 발견하는 섬세한 눈을 장착하기만 하면 됩니다.
　　혹 누군가가 내가 쓴 문장을 보고 "저건 나도 쓰겠
네."라고 한다면 씩- 웃으며 칭찬으로 받아들여 주세요. 글
을 써본 사람은 압니다. 쓱 봐도 읽기에 쉬운 글이 가장 쓰
기에는 어렵다는 것을요.

2부

나를
만들었던 일

내가 좋아하는 회의

OT를 받고 본격적인 아이디어를 내기 전, 제가 속했던 팀에는 Talk 회의라는 게 있었습니다. 다른 이름으로 '빈 머리 회의'라고도 불렀죠. 빈 머리 회의의 규칙은 한 가지입니다. '아무것도 가져오지 않기.'

광고 회사를 다니면 정말 다양한 브랜드를 만납니다. 짧게는 3개월, 길게는 4년을 함께한 브랜드도 있었고요. 브랜드에 대한 공부를 한 번 시작하면 모두가 한마음으로 그 브랜드를 사랑하게 됩니다. 어떤 고난을 겪고 태어났는지, 얼마나 진심을 다해 제품과 서비스를 만들어 내는지, 그리고 사람들이 모르는 어떤 선행을 하고 있는지를 모두 알게 되거든요. 깊이 알수록 사랑하게 되는 건 불변의 진리인 걸까요?

그러니 이 브랜드에 풍덩 빠지기 전 소비자의 객관적인 시선으로 그 브랜드와 프로젝트를 평가하는 '빈 머리 회의'를 해야 합니다. 현재의 시장에서 그 브랜드가 어떤 위치로 있는지, 여태까진 어떤 이미지였고 어떤 것을 기대하는지, 어떤 모델이 어울릴지, 어떤 매체에서 어떤 메시지를 입혀야 할지 객관적인 시선을 바라볼 수 있기 때문입니다.

제가 경험했던 좋은 캠페인의 단초는 대부분 그 '빈 머리 회의'에서 나왔습니다. 이 '단초'를 발견하는 것도 빈 머리 회의의 중요한 역할 중 하나입니다. 단초가 하나 튀어나오면 그걸 가지고 각자 살을 붙여오는 거죠. 그런 식으로 회의가 진행되면 첫 회의의 부담이 적고 서로의 단초를 주고받으며 화학적인 시너지가 생겨납니다.

아무것도 담지 않은 머리와 깨끗한 눈으로 모두가 같은 페이지를 보게 하도록 영점을 맞추면서 각자의 힌트를 하나씩 공유하는 회의. 아무것도 챙겨가지 않는 회의지만 손에 들고나오는 것이 가장 많았던 회의. 징검다리를 넘어 점프할 수 있게 도와주는 도움닫기가 되는 회의. 제가 가장 좋아하는 회의는 아무것도 없었지만, 많은 것으로 가득한 빈 머리 회의입니다.

수다를 빙자한 빈 머리 회의를 30분만 시도해 보세요. 20대부터 40대가 함께 일을 해야 하는 회사에서는 가

벼운 마음으로 트렌드와 본질이 한데 뒤섞이는 회의가 꼭
필요합니다.

녹음실의 마법

그거 아세요? 녹음실에서 "미소를 지으면서 이야기해 주세요."라고 요청하면, 성우는 녹음 부스 안에서 웃음 띤 입 모양으로 말하고, 그러면 말에서도 정말 미소가 들린다는 사실을요.

카피라이터를 하며 가장 즐거웠던 순간을 되짚어보면 저는 단연 녹음실이 떠오릅니다. 카피라이터(Copywriter)라는 이 직업은 이름에서부터 '쓰는 사람'이라고 정의하고 있기 때문에 그저 글과 씨름하는 사람으로만 생각하는 분들이 많더라고요. 하지만 카피라이터의 일은 책상 밖에서도 많이 일어납니다.

광고 회사에서 제작팀의 역할은 크게 두 가지로 분류할 수 있습니다. 앉아서 하는 일과, 서서 하는 일. 우선 광고

주가 "이 문제를 해결해 주세요."라며 광고 회사를 찾아옵니다. 여기서 기획(AE: Account Executive)팀이 광고주와 소통하며, 문제를 명확히 진단하고 파악하여 전략을 만든 후 제작팀을 찾아옵니다. 그때부터 앉아서 하는 일은 시작돼요. 기획팀이 준비한 OT(Orientation) 회의 이후, 카피라이터는 카피라이터대로, 아트디렉터는 아트디렉터대로 각자 아이디어 회의를 시작합니다.

혹시 카피라이터는 글만, 아트디렉터는 비주얼만 생각한다고 알고 계셨나요? 제가 다녔던 회사만 그랬는지 모르겠지만 카피라이터도 그림을, 아트디렉터도 글을 생각합니다. 최종 책임자만 카피라이터, 아트디렉터인 거죠. 각자 전문 분야에서도 고민을 하되, 다양한 방법을 갖고 회의실에 모여야 우리가 바라던 시너지가 생겨나거든요. 그래서 '그림을 볼 줄 아는 카피, 글 쓸 줄 아는 아트디렉터'는 인기가 많습니다.

여기서 카피라이터는 하나의 광고 캠페인에 들어가는 모든 글을 책임집니다. 슬로건부터, 15초 TV-CF의 카피, 그리고 광고 배너에 들어갈 카피, 또 인쇄 광고, 라디오 광고, 유튜브용 6초, 20초 버전의 카피, 필요하다면 인스타그램 피드에 쓸 글까지 말이죠. 인쇄 광고를 만든다치면 그 안에 들어가는 회사의 홈페이지 주소나 전화번호까지 모두 눈여겨봐야 합니다. 카피가 확정이 된 이후에는 앞서 말한 제작물을 만드는데요. 이때 그 카피를 누가 읽으면 좋을지 (연예인 모델이 없을 경우) 성우를 고르는 것도 카피라이터의 일입니다.

따뜻한 느낌 혹은 도시적인 느낌의 성우, 캐릭터 연기를 잘하는 성우, 혹은 10대의 목소리, 50대의 목소리를 동시에 낼 수 있는 성우, 성우 같지 않은 자연스러운 성우 등 다양한 인물들 사이에서 우리의 카피를 가장 잘 전달할 성우를 선정합니다. 미세한 차이로 같은 카피도 같은 광고도 다르게 들리기 때문이죠. 쉼표 하나, 숨소리 하나도 녹음실에선 카피가 됩니다. 끝을 올리면 제안하는 느낌이 들고, 끝을 내리면 차분해지고 화자의 담백한 주장처럼 들리며 문장을 마무리하는 느낌이 들죠. 그리고 배경음악의 장르를 골라보고, 음악이 시작할 타이밍도 선택합니다. 반대로 배경음악을 꺼서 성우의 멘트에 집중시키는 등 광고의 완성도를 높이기도 하죠. 그리고 이 녹음실에서 앞서 나열한 모든 것을 결정하는 권한은 대개 카피라이터에게 있습니다. 생각보다 글쓰는 일 외에도 다양한 일을 하죠?

의자 브랜드 시디즈의 슬로건 "의자가 인생을 바꾼다"로 예를 들어 볼게요. 어떻게 묶어 어디에서 호흡하느냐에 따라 듣는 사람에게 전해지는 것들이 바뀝니다. [의자가 인생을 / 바꾼다]고 하면 '바꾼다'는 사실이 강조되겠죠. [의자가 / 인생을 바꾼다]고 할 경우엔 '의자'가 바꾸는 주체적인 존재가 되어 들립니다.

　녹음실 속 카피라이터는 이런 시도를 열 번 이상 하며 내가 쓴 카피를 가장 정확하게 전달할 목소리를 찾아냅니다. 마음에 차지 않으면 다른 성우를 불러 재녹음을 하기도 해요. 생각보다 간단하지 않은 작업입니다.

　디자인을 예로 들어 볼까요? 같은 문장도 어떤 폰트를 쓰냐에 따라 진지해 보이기도 귀엽게 보이기도 합니다. 보통 명조체(Serif)로 쓰면 진지한 느낌이고, 고딕체(Sans serif)를 쓰면 깔끔한 느낌이라고 해요. 그래서 사람이 말하는 멘트의 영역은 명조체를 많이 사용하고, 제품의 스펙이나 정보 전달을 위한 글은 고딕체로 많이 소화하곤 합니다. 디자이너에게는 폰트가 메시지의 목소리가 되는 거죠. 이처럼 카피라이터들에겐 성우의 높낮이, 입모양, 미소, 끝음 처리 등이 메시지를 완성하는 재료입니다.

　가장 좋은 말을 골라, 독자에게 가장 잘 가닿도록 카피의 진짜 목소리를 찾아내는 과정. 어쩌면 쓰는 것보다 녹음실에서의 과정이 한 끗 다른 메시지를 만드는 포인트일지도 모르겠습니다.

　누가 이 차이를 아냐고 물으신다면, 글쎄요. 저는 아

무도 이 차이를 알지 못하기 때문에 하는 작업이라 생각합니다. 매일 접하는 광고나 플랫폼의 메시지를 우리는 '안다'기보다는 '의식'만 하는 거죠. 너무 많으니까요. 그러니 감각적으로 '의식'하는 순간을 고려한다면 이 미세한 완성도는 포기할 수가 없습니다. 사람들의 감각에 바로 입력시키기 위해서요.

　　단순히 음성을 녹음한다고 생각했던 녹음실에서는 이렇게 많은 전문가들의 능력이 뛰놀고 있어요. 저는 이 미세하지만 포기할 수 없는 전문가들의 능력이 모여 마침내 탄탄한 힘이 만들어진다 생각하고, 또 믿습니다.

손이 아닌 발로 쓰는 카피

첫 번째 일화

광고 회사 TBWA를 다니던 2018년, 의자 브랜드를 담당할 때의 일화를 소개합니다. 사무용 의자를 만들던 회사가 갑자기 게임용 의자를 출시한다는 계획을 전해 들었죠. LOL(리그 오브 레전드)라는 게임을 하는 공간에 의자를 협찬하며, PC의 바탕화면에 의자의 사용법을 써야 하는 일이 제게 맡겨졌습니다. 평소 PC 게임을 거의 하지 않아서 게임용 의자가 얼마나, 어떻게 좋아야 하는지 당연하게도 감이 오지 않았습니다. 그래도 써내야 하는 일이기에 이렇게 저렇게 궁리해 보았지만 마음에 썩 들지 않았죠.

승리를 부르는
게이밍체어 가이드

높이를 맞춘다
각도를 맞춘다
강도를 맞춘다

누가 봐도 게임에 관심 없는 카피라이터가 쓴 글 같지 않나요? 답답한 나머지 이 카피를 쓴 날, 다른 회사 카피라이터 친구를 불러 십수 년 만에 PC방에 갔습니다. 친구에게 "LOL 계정 하나만 만들어 주라. 그리고 나랑 딱 한 시간만 같이 해 줘."라는 부탁을 했죠.

한 시간의 게임 후, LOL이라는 게임에서는 4명 연속 처치 시 "미쳐 날뛰고 있습니다."라는 알람이 뜬다는 것과 상대에게 유효한 마지막 타격을 입히는 것이 '막타'라는 것, 그리고 이 게임에서는 캐릭터를 '챔피언'이라고 부른다는 사실을 포함한 여러 가지를 알게 되었고 다음 날 카피는 완전히 달라집니다.

당신의 플레이를 미쳐 날뛰게 할
게이밍체어 가이드

의자의 높이, 스킬의 명중률을 바꾼다
등판의 각도, 막타의 순발력을 바꾼다
등판의 강도, 챔피언의 한계를 바꾼다

단 한 시간의 투자로 게이머에게 한 발자국 정도는 가까이 다가간 카피로 완성되었습니다. LOL 실제 게이머에게는 얼마나 와닿았을지 모르겠으나, 적어도 이전 카피보다는 한 번은 더 쳐다볼 만한 카피였을 거라 믿고 싶습니다. 이 지면을 빌려 발로 쓴 카피를 완성시켜준 카피라이터 김민구에게 감사의 마음을 전합니다.

두 번째 일화

저는 상조 회사의 광고를 약 2년간 담당했습니다. 여느 때처럼 광고주에게 새로운 제안을 하기 위해 상조 회사의 홈페이지를 이리저리 둘러보던 어느 날, 고객 게시판을 발견했죠.

장례식을 진행할 가족이 어린 아들 하나뿐이던 때 남편의 관을 함께 들어주던 장례 지도사의 선행 이야기, 상주가 신경 쓸 일 없이 슬퍼만 하도록 모든 일을 매끄럽게 도와준 데에 대한 감사, 본인이 장손이지만 더 장손 같은 장례 지도사의 모습에 할머니가 서운해하셨을 거란 칭찬까지.

상조 회사의 작은 부분도 경험한 적이 없었던 저는 자본금이나 시스템 등 공급자가 제공해준 사실만으로 접근했죠. 하지만 상조라는 것은 서비스이기 이전에 사람의 죽음과 한 가족의 슬픔에 관한 일입니다. 실제 경험이 담긴 글 덕분에 상주의 감정을 빌려 쓸 수 있었어요. 이때부터 '고객의 후기'는 하나의 유효한 라인으로 가져가기로 합니다. 다양한 사례를 찾기 위해 손품 팔며 수백 페이지까지 읽지 않았으면 발견하지 못했을 인사이트였습니다.

세 번째 일화

마지막으로, 책상 브랜드를 담당할 때의 일을 소개하려 합니다. 이 브랜드는 가로수길에 팝업스토어를 열 계획이었는데요. 그런데 가로수길이라고 하기엔 정말 애매한 뒷골목에 위치해 있었어요. '사람들을 이 장소로 어떻게 끌어들일까?'란 고민을 하게 되었죠. 결국 퇴근 후 그 팝업이 있는 실제 장소로 걸어가 봤습니다. 직접 가보니 지도에 아직 등록되지 않았거나 등록하기에도 작은 브랜드의 가게가 그

뒷골목에 많다는 걸 발견합니다. 그때 일본에서의 기억이 떠올랐어요. '하라주쿠'의 옆에는 '우라하라주쿠'라는 골목이 있는데 '우라(裏)'는 '뒤'라는 뜻으로, 높은 임대료에 밀려 뒤로 밀려난 '진짜' 아티스트가 모여 있는 곳이라 하더라고요. 한국으로 치면 홍대 곁에서 탄생한 상수, 망원, 연남동이 그 비슷한 예일 수 있겠어요.

그 발견을 통해 〈뒤로수길〉이라는 테마를 만들어 냅니다. 그리고 직접 그 동네를 돌아다니며 작지만 강한 어떤 가게들이 있는지 손으로 직접 지도를 그려 완성했죠. 그래서 그 동네에 와야만 하는 이유를 만들어 주었습니다. 스타트업을 타깃으로 책상을 만들던 브랜드의 '작지만 강한' 스타트업 정신과 가게들은 서로 맞닿아 있었어요. 발로 뛰며 지도를 그린 날은 빗방울이 조금씩 떨어지던 날이었던 게 아직도 기억에 생생하게 떠오르네요.

이 일을 돌아보니 남성 광고 기획자가 여성을 이해하기 위해 직접 스타킹을 신어보고, 립스틱을 바르고, 마스카라를 바르던 〈What Women Want〉라는 영화의 주인공 멜 깁슨이 된 것만 같은 기분이 듭니다. 직접 그 대상이 되어보는 것만큼 강력한 공부는 없다는 것을 몸으로 배운 시간이었죠.

그리고 알게 된 또 하나의 사실. 단순히 노트북 앞에만 앉아 머리를 싸매 고민하는 것보단 가끔은 발로 뛰는 것도 카피라이터의 일이라는 것입니다. 비효율적일 거라 생각했던 발로 뛰는 이런 시간들이 오히려 저에겐 가장 효율적이고 손에 잡히는 결과물로 돌아왔습니다. 그래서 전 시간이 허락하는 한 카피를 발로 쓰려고 합니다. 누군가가 되어보는 일은 그 사람을 아는 가장 빠른 방법이니까요.

가로수길을 걸으며 완성한 〈뒤로수길〉 지도

잘 해봤자 본전이겠지만

29CM 앱을 켜보면 오른쪽에서 왼쪽으로 움직이는 배너가
하나 있습니다. 이 배너만 하루에 수십 개를 작성하는데요.
조금 슬픈 현실은 최근 1년간 29CM의 카피라이터는 저 하
나뿐이라 모든 배너를 혼자 썼다는 것입니다(지금은 팀원
들과 함께이지만요). 앞서 이야기했지만 대한민국은 문맹률
0%에 가까운 나라입니다. 1,000개를 잘 써도 1개의 오타
가 난다면 999개도 좋은 평가를 받기 힘든 아주 무시무시
한 일이죠. 그래서 언제나 긴장을 늦출 수 없습니다.

　게다가 '카피라이터의 주옥같은 카피 한 문장!'은 우
리 팀장님의 팀장님이 카피라이터인 시절의 옛날 옛적 이
야기가 된 지 오래입니다. 지금은 얕을지 몰라도 더 넓고
기민하게 움직이는 사람이 살아남기 유리한 시대가 됐어

요. 깊은 고민이 필요하지 않은 건 아니지만 더 많은 능력을 빠르게 요구하는 시대가 되었습니다. 그래서 카피라이터도 해야 하는 일이 많아졌어요.

그래서 잘 해도 본전인 일을 하는 것 같은 느낌이 이 시대의 카피라이터에게는 들 수밖에 없습니다. 모두가 보는 메시지부터 아무도 보지 않는 메시지까지 쓰는데, 틀리면 금방 티 나는 일. 그러니까 매일 열심히 해도 아무도 눈치채지 못하는 일, 아니 눈치채지 못해야 하는 일이죠. 그래서인지 '씁쓸하지만 어쩌겠어.'라는 마음으로 일하는 날이 많습니다. 가끔 지칠 때가 오는데, 그럴 땐 이효리가 예능 〈캠핑 클럽〉에서 말했던 일화로 마음을 달래곤 합니다.

어느 날 남편이 손수 의자를 만들며 보이지 않는 바닥까지 열심히 사포질을 하는 모습을 보며 한 마디 질문을 합니다. "여긴 안 보이잖아. 누가 알겠어?" 그러자 돌아오는 답변이 제 마음을 울리네요. "내가 알잖아."

사소한 것에 온 힘을 다하는 일, 아무도 모르는 일을 하면서 혼자 뿌듯해한다고만 생각했는데 그렇지만은 않았다는 위로를 받았죠. 카피라이터의 일은 잘 쓰는 것도 일이지만 신뢰의 영역에 걸쳐 있기도 한 것 같아요. 매일 공들여 쌓는 탑이랄까요.

"내가 알잖아."라는 일종의 신념과도 같은 마음은 아무도 알아주지 않고 내가 티를 내기에도 민망하지만 누구도 침범할 수 없는 나만의 높은 공든 탑을 쌓을 수 있는 기회이기도 한 겁니다. 이 또한 정신 승리일 수 있지만 '정신이라도 승리하는 게 어디야.'라는 생각으로 오늘도 그래 봤자 본전이라는 성을 차곡차곡 쌓으며 하루를 넘겨봅니다. 아무도 눈치채지 못하지만 분명 나의 오늘은 매일 쌓이고 있습니다. 그걸 아는 사람이 나뿐일지라도요.

일을 지탱하는 딴짓

일을 하다 보면 정말 다양한 감정을 느끼게 됩니다. 보람과 후회, 기쁨과 분노, 희망과 좌절 같은 극단의 감정을 수시로 경험하죠. 카피라이터라는 업은 특히 다양한 브랜드와 짧은 시간 동안 밀도 높은 일을 해내야 하다 보니 특히 자극을 자주 느꼈어요. 특히나 저는 그런 감정 변화에 예민하게 반응하는 성격이라 묵히고 인내하기가 쉽지 않았죠. 그럴 때마다 늘 다른 샛길을 찾아 나섰습니다.

1. 내가 광고회사 힘들다 그랬잖아

2014년, 햇병아리 신입 시절 매일 새벽 근무를 하던 때였어요. 잠깐 숨 돌리던 시간 친구와 메신저를 하며 야근에 대한 울분을 토해냈죠. 글만으로는 이 감정이 전해지는 것 같지 않아 짤방이나 밈으로 콘티를 만들어 친구에게 보내 줬더니 친구는 자지러졌습니다. 늘 만들던 콘티라 어렵진 않았는데 제가 겪었던 일화를 그렇게 구성하니 너무 재미 있어 하더라고요. 여기에서 힌트를 얻어 처음 다른 짓을 시작합니다.

'이왕 힘들 거 증거라도 남기자!'라는 목적으로 시작해 일기 형식으로 페이스북 페이지를 하나 만들었습니다. 계정 이름에 대한 고민은 전혀 없었습니다. 힘듦을 알고 있음에도 이 일을 선택한 자조적인 느낌으로 〈내가 광고회사 힘들다 그랬잖아〉라고 이름 지었습니다.

처음엔 푸념과 하소연만 하다 점점 팔로워가 많아지는 걸 보며 그래도 제가 사랑하는 광고라는 일을 하며 겪는 일화를 많이 소개하려고 했어요. 일본의 1위 광고 회사 덴츠에서 격무에 스스로 생을 마감한 신입사원의 트위터를 번역해 올리며 건강하지 못한 우리의 문화에 대해서 경종을 울리고도 싶었고, 광고 회사 안에 있는 사람만이 아닌 촬영, 녹음, 2D 등 프로덕션에 대한 이야기도 담았죠.

분노로 시작한 이 페이지는 결국 애정과 책임감으로 점철된 공간이 되었습니다. "광고회사 힘들다 그랬잖아." 라고 말하는 주변 목소리의 틈에서 그래도 내가 선택한 길에 대한 애정을 찾았던 숨구멍이었죠. 제가 광고라는 업계를 정말 사랑했었거든요. 이후, 이직으로 그토록 사랑했던 광고 업계를 떠나보내며 페이지의 역사는 마무리됩니다. 약 4년간 함께했던 4.5만 명의 사람들 중 우연히 이 책을 보고 계신 분이 있다면 감사의 마음을 전하고 싶어요. 정말 즐거웠고 덕분에 잘 버텼습니다.

2. 도보마포

2021년, 퇴사와 동시에 전세 문제로 합정으로 이사를 왔습니다. 저는 서울에 있던 10년 동안 총 7번의 이사를 했어요. 신림, 논현, 잠실, 용산… 오직 출퇴근 시간만 고려해서 선택한 지역들은 서울이 고향이 아닌 사람이 살기에는 다소 정을 붙이기 힘든 동네들이었죠. 그런데 합정은 달랐습니다. 아직 나이가 어려 직장은 없지만 빛나는 꿈이 있고, 차는 없지만 든든한 다리가 있고, 유행이 아닌 개성으로 가득한 동네였어요. 저는 이를 '동네의 표정이 다르다.'라고 표현하는데요. 그래서 전 이사를 하자마자 마포구와 사랑에 빠지게 됩니다.

마포구에서 나고 자란 지인과 자주 시간을 보냈어요. 그러다 제안 하나를 했습니다. 로컬 페이지가 하나둘 생기고 있는 시점에, 마포구에서 나고 자란 페르소나로 로컬 페이지를 하나 만들어 보자는 것이었죠. 매일 가는 게 로컬

2021년 12월 22일 오후 12:55

도보마포

서교나들이
서교인사이드
서교사상
서교밥집

마포가이드
마포위키
마포마실
마포스트리트
걸어서 마포속으로
마포는 지금
마포인의 밥상
마플릭스
마포는 훌륭하다
마포한바퀴

@walkandmapo

강남 비켜. 성수 저리가.
이제는 마포의 시대다. ㄷ

마포를 여행하는 히치하

주차 가능한
화장실이 깨끗한

혼자 일하기 좋은 카페

강아지 동반가능 - 곰팡이, 한강에스프레소, 스몰커피,
선곡이 좋은

망원동에서의 첫 만남 (낮 편)
1. 소금집델리 망원(11:00-) 월off
잠봉뵈르, 브런치
2. CAPET (11:30-)
가구와 커피가 있는 카페
3. 텔레비전 레코드바 (15:00-) 월화off
술한잔 기울일 수 있는 전략적 요충지.

망원동에서의 첫 만남 (밤 편)
1. 코브라 (17:30-) 월화off
브레이크타임 후 가벼운 저녁
2. 한강에스프레소 (00:00-) 수off
카페, 에스프레소, 졸음, 나무,LP

이 동네는 월~수 휴무가 많으니 만남은 목/금 정도가 딱
좋겠다.

각 업체 특징을 해시태그처럼 표시할까
마지막장은 동선으로. 망원역 2번출구부터 시작.

카페와 맛집이기 때문이었죠. 그렇게 2021년 11월 중순, 지금은 자리를 옮긴 홍대 입구 옆 '모리츠 플라츠'라는 카페에서 〈도보마포〉의 계정을 만들게 됩니다.

우리가 좋아하는 마포구의 다양한 표정을 이 동네를 좋아하는 사람들에게 전하고 싶었어요. 앞서 제가 느꼈던 '걸어 다니는' '젊은' 사람들이 유동인구의 대부분을 차지했기에 타깃은 '걸어서' 이 동네를 탐험하는 사람들로 정했고, 또 걸어 다니기 때문에 이 동네를 잘 아는 우리가 실패 없는 '로컬 탐험 루트'를 잘 제안하고 싶었어요. 〈도보마포〉는 그렇게 시작됩니다.

타이밍 좋게 퇴사와 겹쳐 운영하는 건 어렵지 않았습니다. 한창 벚꽃이 필 시기라 희우정로와 한강 변을 걸어 다니며 사진을 찍고, 원고를 썼죠. 또 〈도보마포〉 추천 코스인 '도추코'라는 오리지널 콘텐츠를 만들어 마포구에 사는 사람들의 이야기를 들었죠. 또 그들이 추천하는 코스를 안내하는 것의 연속이었습니다. 운영 한두 달째였을까요? 패션, 라이프스타일을 전달하는 웹 매거진 〈아이즈매거진〉에서 연락이 와 인터뷰를 하고 이후로 지금까지 오래 사랑받고 있네요. 〈아이즈매거진〉에 소개된 이후로는 사정상 다른 분이 운영하고 있지만 〈내가 광고회사 힘들다 그랬잖아〉가 우연한 기회로 시작하게 됐다면, 〈도보마포〉

는 어느 정도의 기획과 목표 지점이 있었던 콘텐츠라 제겐 더 의미 있는, 그리고 성공적인 딴짓으로 남아 있습니다.

3. 일본광고

지금은 인스타그램에서 〈일본광고Japan commercial〉라는 페이지를 운영하고 있습니다. 일에서 도망치듯 시작한 세 번째 콘텐츠인데요. 조금 다른 면이 있습니다. 〈내가 광고회사 힘들다 그랬잖아〉가 우연이 80, 〈도보마포〉가 우연이 50이었다면 〈일본광고〉 페이지는 우연이라는 건 0이에요.

이 페이지는 완벽하게 '이 아카이브를 책으로 꼭 만들겠다.'라는 목표를 설정하고 시작했습니다. 물론 '좋아하는 것'에서 시작한 건 똑같아요. 하지만 몇 번의 시도를 통해 재미와 의미 두 마리 토끼를 모두 잡는 콘텐츠를 만들 수 있다는 점을 확인했죠. 그러니 목표를 설정할 밖에요.

카피라이터가 너무나도 되고 싶었던 20대 초반부터 카피라이터가 되기 위해 할 수 있는 일은 모으는 것뿐이었습니다. 제가 바라는 직업은 디자이너도, 기획자도 아니었기 때문에 미리 할 수 있는 것이 '내가 좋아하는 광고 카피를 쌓아두는 것'밖에 없었죠. 그걸 10년 넘게 하다 보니 엑셀 속 카피가 벌써 8,000개가 넘어가고 있더라고요. 이것을 그냥 두기에는 너무 아까웠어요. 전 좋은 것을 발견하면 다 같이 보고 싶어 하는 습성이 있거든요. 그래서 이왕 하는 김에 글뿐인 광고 카피의 원본을 찾아 아카이브 하기 시작한 게 인스타그램 〈일본광고〉 페이지입니다.

원본과 함께 보는 매력은 또 다르더라고요. 그리고 10년간 모은 탓에 그 광고 캠페인이 나오게 된 맥락도 함께 전하면 어떨까 해서 관련 기사를 찾아보았습니다. 찾는 나에겐 공부가 되고, 보는 사람들은 하나의 카피라도 더 재미있게 읽을 수 있다 생각했죠. 이 분명한 목적을 가지고 태어난 세 번째 콘텐츠가 또 많은 사랑을 받을지 모르겠지만 분명한 건 일을 하며 뿜어 나오는 감정을 허투루 보내지 않았다는 겁니다.

모든 기획의 시작에는 감정의 동요가 있었습니다. 도피처가 필요했던 분노이기도 했고, 퇴사 후 쉬는 시간을 꽉 채우고 싶던 좋아하는 마음이었기도 했고, 또 지금의 나를 만들었던 새로운 목표가 되기도 했어요.

이러한 딴짓에 힘을 실어주었던 건 이 직업이 가진 습성 덕분이기도 했습니다. 언제나 새로운 걸 만들어내야 하기에 늘 주변과 나를 살펴야 했고, 이미 있는 것들을 잘 엮어내는 일이 결국 카피라이터의 일이기도 하거든요.

누군가는 왜 이렇게 바쁘게 살아가냐고 묻지만 이렇

게 제가 느낀 감정을 기반으로 새로운 것을 엮고 만들어내는 것은 결국 제 마음이 쉬는 길입니다. 침대에 누워 있는 걸 좋아하지만 몸이 가만히 있다고 해서 쉬어지는 건 또 아니더라고요. 언제나 도망갈 은신처가 있다는 것, 마음이 쉬어갈 구석을 만들어 둔다는 것은 또 새로이 나아갈 동력을 만들어 주었습니다.

　퇴사하고 재미있는 것만 하면 되지 않느냐고 묻기도 합니다. 하지만 완전한 자유의 한가운데에 던져진다면 전 편안한 삶을 누리기만 하고 새로운 시도를 위해 도전하지 않을 것 같아요. 적절한 스트레스가 동반되어야 창작을 하더라고요. 슬프지만 지난 10년은 그 진리를 확인하는 시간이었습니다. 그래서 결국 받아들이기로 합니다. 회사는 딴 짓을, 딴짓은 회사를 위해 존재한다는 것을요. 그 둘이 적절한 무게로 서로를 받쳐주고 있다고 인정하며 그 사이의 밸런스 속에서 오늘도 부지런히 나만의 것을 만들어 냅니다. 늘 바삐 움직여야 하겠지만, 그래도 월급 이외에 손에 남는 무언가가 있다면 덜 억울하지 않을까요? 그리고 그것들이 내 불안한 감정을 지지하는 콘텐츠로 승화할 수 있다면 더할 나위 없이 좋지 않을까요?

나의 저변을 넓히기 위해

8년 차쯤이었을까요, '카피라이터는 어디까지 갈 수 있을까?'가 문득 궁금해지는 시기가 도래하고야 말았습니다 (다시 말해 사춘기죠). 3년과 6년 정도에 찾아온다는 일의 권태기까지 극복한 난데, 별안간 덜컥하고 찾아온 궁금증은 점점 짙어져 갔죠. 어느 날 일을 하다 주변을 둘러보니 나의 과거와 나의 현재와 나의 미래가 한 회사에 있다는 점을 발견한 것이 발단이었습니다.

나의 과거는 후배일 테고, 나의 현재는 나, 나의 미래는 내 옆자리에 앉아 있는 팀장님이겠죠. 그들을 보니 자연스럽게 '그들의 모습이 내가 그리고 있는 미래와 같은가.'를 생각하게 되더라고요.

결정이 필요했습니다. 평생을 광고 회사의 카피라이

터로 살아갈 것인지, 바깥세상으로 나가볼 마지막 기회를 잡을 건지 말입니다. 그리고 거기서 확인하고 싶었습니다. 카피라이터는 어디까지 갈 수 있을지를요. 직업적인 궁금함도 있었지만 사실은 직업 하나만 가지고 생을 아름답게 마감하기 힘든 세상이라는 생각이 더 컸던 것 같기도 합니다. 생존 본능이랄까요.

고민이 시작된 지 얼마 지나지 않아 그렇게 사랑하던 광고 회사 TBWA로부터 도망치듯 퇴사를 합니다. 다행히 좋은 타이밍에 무신사라는 회사를 만나 마케터의 직무를 처음으로 시작하게 되었죠. 8년 가까이 콘셉트를 뽑고 메시지를 작성하는 엉덩이 무거운 일을 하다 기획안을 꾸리고 실행을 해야 되는 순간이 왔습니다. 머리는 하얘졌고 무신사라는 패션 업계는 정말 눈이 팽팽 돌아가듯 빠른 속도로 굴러갔죠. 많은 것들을 배우느라 1년은 금방 지나갔고 1년간의 스스로를 돌아보니 재미는 있지만 완전 내 옷은 아니라는 생각에 다시 퇴사를 던집니다. 그런데 공교롭게 퇴사하기 이틀 전, 지금의 29CM 카피라이터 자리를 발견했죠.

사실 무신사와 29CM는 같은 회사라 같은 건물에 있습니다. 그래서 제 주변인들은 어렵지 않게 사내 조직 이동을 할 수 있을 거라 생각했지만 퇴사를 곧 앞둔 상황이었기에 우선 공식적인 퇴사를 진행하고 퇴사자의 입장으로 재입사를 하게 되었어요. 인생 중 가장 지난하고 쉽지 않았던 한 달간의 면접이었습니다. 오히려 같은 회사에서의 퇴사와 입사라 부담은 더 컸고요. 총 네 번의 면접을 모두 통과해 광고 회사 카피라이터에서 그다음 마케터, 그리고 그다음은 이커머스 패션 플랫폼의 카피라이터라는 세계로 뛰어들게 되었습니다.

오랜 시간 자리에 앉아 깊은 고민을 품에 안고 끙끙 앓다가 카피를 세상에 내보내는 광고 회사 카피라이터와 다르게, 상업적인 세계와 패션 영역에서의 카피라이터의 직무는 완전히 달랐습니다. 오래 고민할 시간도 없고 생각보다 정말 많은 사람과 일을 해야 했죠. 광고 회사에서는 수십 명의 카피라이터 중 한 명이었는데 여기에서는 혼자서 카피를 짜고 혼자서 결정 내려야 하는 것도 하나의 과제가 되었죠.

시간이 지난 지금, 카피를 짜는 일이 어떤지 묻는다면 두려움 반, 재미 반이라고 말하고 싶어요. 정말 수많은 사람과 소통하며 한 플랫폼의 목소리에 맞는 단어를 선택하고 '그렇게 갑시다.'라며 혼자 결정하는 책임감은 늘 무겁습니다. 그에 따른 두려움도 언제나 함께하고요. 그런데도 흙으로 도자기를 빚어가듯 하나의 브랜드를 내 손으로 직접 만들어낼 수 있다는 점은 광고 회사에서 경험할 수 없었던 큰 재미로 다가옵니다.

메시지를 만들고 던지는 일을 하는 분들은 공감하실 텐데요. 그래서 내가 썼던 카피가 얼마나 유효했는가?를 알 수 없어 답답한 순간들이 많습니다. 그런데 이젠 그 결과를 실시간으로, 숫자로 확인할 수 있게 되었죠. 그 결과는 또 다른 과제로 저에게 다가오겠지만 글이라는 도구를 통해 약간이나마 '그 메시지는 맞았다. 유효했다.'라는 대답을 듣게 된 건 저변을 확장하고자 했던 저라는 카피라이터에게는 정말 유의미한 소득이었습니다.

한 가지 직업에만 머물렀다면 몰랐을 즐거움을 지금도 차차 알아가고 있어요. 그토록 가고 싶었던 회사와 그렇게 잘 지냈던 동료를 뒤로하고 나의 저변을 확장하고자 두려움을 안고 뛰어들었던 지난 2년여의 시간이 이제 저에게 조금씩 빛을 내어주는 느낌입니다.

지도를 확장해 자신이 더 나아갈 신대륙을 발견한 콜럼버스의 기분이 이와 같았을까요. 더 탐험하고 헤쳐 나가야 하는 퀘스트가 생겼지만 한동안은 또 새로운 재미로 시간을 보낼 수 있겠다는 기대가 더 큽니다. 몇 년 더 먹고살수 있겠다는 안도감도 함께 도착했고요.

장인 정신보다는 멀티플레이어를 주목하는 시대라

많은 것을 해야 해서 굉장히 지치지만 그래도 시대가 나에게 내어줄 수 있는 문을 찾아서 얼른 열어보는 과정은 제게 많은 것을 줍니다. 하나의 직업이 어떤 영역까지 갈 수 있을지 궁금하다면 한번 그려보고 뛰어들어 보세요. 생각보다 멀리 또 깊게 갈 수 있을지 몰라요.

카피라이터의 딜레마

나는 말을 만드는 사람이 아니고
있어야 할 그 자리에 엮어 넣는 사람.
제자리를 찾은 것만으로 말은 가장 아름답게 빛날 수 있어.

○ 김새별 카피라이터 (@byulabyul531)

카피라이터는 가끔 딜레마에 빠지곤 합니다. 하나의 콘텐츠를 완성하기 위해 카피를 쓰다 보면 내가 봐도 괜찮은 표현이 태어나요. 하지만 보기에 아름다울 뿐 전략적인 솔루션과는 거리가 멀 때가 있죠. 문제는 내가 쓴 글을 좋아하는 마음 탓인지 아무래도 내려놓지 못하는 순간이 온다는 것입니다. 프로답지 못한 태도일지도 모르겠지만, 메시지라는 것이 언제나 전략적인 포인트만을 강조하는 것

이 아니고, 말이 재미있거나, 후킹*하거나, 기억에 오래 남
게 하는 것 또한 하나의 방법이기 때문에 고민은 길어지곤
하죠.

그러다 선배가 올린 인스타그램 문장을 보았습니다.
'카피라이터는 말을 만드는 사람이 아니라 그 자리에 있어
야 할 말을 엮어 넣는 사람'이라고요. 이거다 싶었어요. 카
피라이터는 표면적으로 아름다운 단어를 쓰는 게 아니라
그 자리에 있어야 할 가장 알맞은 단어를 찾아 넣는 일을
하는 사람. 그것만을 오래 고민할 사람이 필요해 카피라이
터라는 자리가 만들어졌다는 생각이 들더라고요.

카피라이터는 아름다운 표현을 찾기 위해 존재하는
것이 아닌 현실에 발을 딛고, 사람들의 피부 가까이 다가가
기 위해 존재한다는 것을 다시금 확인했어요. 가끔은 손이
아닌 발로 뛰며 그 제품을 쓰는 사람이 되어보고자 했던
행동도 당시엔 인지하지 못했지만 그 자리의 단어를 찾기
위함이었을 겁니다.

선배의 문장으로 "대리석 속에 갇힌 천사를 보았다."

• Hooking은 '낚아채다.'라는 뜻으로, 고객의 눈을 사로잡는 의도가
두드러진 표현을 뜻한다. 노래의 반복되는 구간을 말하는 '훅'이나
'후크송'도 같은 어원이다.

라고 말했던 미켈란젤로의 말을 어렴풋하게나마 가늠해 볼 수 있었어요. 카피는 그 자리에 있어야 하는 말을 발견하고 엮어서 제자리를 찾아주는 일이라는 것을 말이죠. 그러니 단순한 '아름다운 표현'에 매몰되지 않으리라는 다짐을 또 한 번 해봅니다. 어떤 평범한 말도 자신의 자리를 찾는 순간 가장 아름답게 빛날 수 있습니다.

보는 것만 고수가 되지 않도록

'보는 것만 고수'라는 말이 있다. 예민한데 게으른 족속들한테 일어나는 현상이다. 너무나 다양하고 많은 체험으로 보는 감각만 일류라는 얘긴데, 보는 것만 일류가 되어서는 머리만 큰 아이로 남아 있을 공산이 크다. 영화 〈매트릭스〉의 로렌스 피시번의 명대사를 언급하자면 '케이크를 보는 것과 맛보는 것은' 커다란 차이가 있다. 혹시 예민하고 게으른 족속들 중에 실재는 없고 보는 감각만 일류인 친구들이 있다면, 그래서 괴롭다면, 조금만, 조금만 더 움직여 보라고 말하고 싶다.

○ 김지운 《김지운의 숏컷》

카피라이터를 포함한 크리에이터의 가장 큰 장점이자 단점은 '(너무) 좋은 것만 본다.'라는 사실입니다. 일명 레퍼런스(Reference)라 하는 다른 브랜드, 개인 작가, 아티스트의 사례를 자주 찾아보게 되니 절로 안목이 상승하는데, 문제는 실력이 상승하는 속도보다 안목의 상승이 훨씬 빠르다는 것입니다. 영화 〈달콤한 인생〉〈좋은 놈 나쁜 놈 이상한 놈〉의 김지운 감독의 책에서 그 속도의 차이에 기인한 절망 편과 희망 편을 확인할 수 있습니다.

　　광고 회사인 TBWA와 패션 커머스 회사인 29CM를 다니며 느끼는 점은 '세상에 이렇게 멋지고 좋은 브랜드가 많아?'였습니다. 멋진 걸 알게 되니 갖고 싶은 건 당연한 수순이었죠. 여기까지는 문제가 없었지만 직업의 특성상 좋은 것을 알게 되면 좋은 것을 만들고 싶어지기 때문에 브랜드를 위해 좋은 것을 만들어낼 궁리를 시작합니다. 하지만 내가 쌓아온 안목만큼 결과물이 마음에 든 적은 손에 꼽을 정도로 적어요. 여기서 내 안목과 실력과의 격차에서 절망을 느끼죠.

　　격차를 줄이기 위해 제가 사용한 방법은 두 가지입니다. 첫 번째는 레퍼런스의 '결과물'만을 답습하지 않는 것. 그대로 따라 하는 것은 표절이죠. 이는 크리에이터라면, 아니 크리에이터가 아니라도 하지 말아야 할 부끄러운 행동임을 늘 명심합니다. 또한 레퍼런스와 제가 당면한 문제는 분명 다르기 때문에 레퍼런스는 반드시 '기법'만을 참고합니다. 새로운 촬영 기법이 나왔다거나 신선한 모델이나 장소가 있다거나 하는 객관적으로 존재하는 정보만을 차용하는 겁니다. 누군가의 창의성에서 태어난 것들은 최대한 피하면서 말이죠.

두 번째 방법은 전문가의 힘을 빌리는 것입니다. 내가 영화를 수천 편 봤다고 해도 영화를 만들 땐 혼자서 모든 걸 다 할 수 없듯 광고도, 온라인 콘텐츠도 마찬가지입니다. 내가 못하는 것은 인정하고 잘하는 사람에게 맡깁니다. 모르는 것을 인정하고 내려놓는 것도 중요한 선택입니다. 어떤 결과물이든 혼자 만들 수 없으니까요.

내가 수십 년간 쌓아 올린 '안목'이라는 것이 어쩌면 일하는 나의 발목을 잡을 수도 있다는 생각이 듭니다. 그래서 실력이 안목을 따라가도록 저만의 기준을 만들었고 그것을 안목과 실력의 간극을 줄이는 방법으로 쓰려고 해요. 우리가 해야 할 일은 보는 것만 고수가 되지 않도록 늘 간극을 의식하고 나아가는 것입니다. 스스로 세운 기준과 나만의 방법을 반복하다 보면 언젠가 꽤 괜찮은 실력이 되어 있지 않을까요.

가장 많은 것을 담는 그릇 "왜?"

아직도 저에게 큰 도움이 되는 수업이 하나 있습니다. 대학 생 때 들은 강의 내용인데요. 바로 '기획서 거꾸로 써보기'입니다. 하나의 광고 캠페인을 보고 왜 저런 결과물이 나왔을까? 왜 저 메시지가 나왔을까? 해당 모델을 선택한 이유는 뭘까? 등을 거꾸로 추측해 보는 것입니다.

우리가 보는 광고나 메시지는 모두 치밀한 계산 아래에서 탄생합니다. 사람들이 보기 편하고 눈길을 돌릴 수 있게 재미있고 예쁜 포장지로 싸여 있을 뿐 그 포장지 한 겹 아래에는 기획자들, 브랜드 관계자들의 무수한 노림수들이 있습니다. 그 노림수를 파악하는 데에는 질문만 한 것이 없고요. 대학 시절 기획서 거꾸로 써보기 같은 과제는 보이는 것 아래의 기획의도를 파악하라는 취지이지 않았나 추측해 봅니다.

꼭 창의력을 요하는 일뿐 아니라 친구나 연인, 동료와 대화를 할 때에도 서로가 진짜 원하는 것은 말 안에 숨어 있는 것처럼요. "하림 님 바빠요?"가 곧 "하림 님 이거 해줄 수 있어요?"를 담은 것과 마찬가지죠.

기획서 거꾸로 써보기를 통해 얻은 '왜?'를 던지는 능력은 일할 때에 발휘됩니다. 프로젝트의 시작점에서 수많은 질문이 시작되죠. '왜 이 브랜드는 이 모델을 선택했을까?' '왜 이전의 캠페인은 이런 메시지를 선택했을까?' '왜 우리에게 이 문제를 해결해달라 했을까? 이 회사의 회의실에서는 어떤 말이 오고 갔기에?' '이 문제는 정말 문제가 맞는 걸까?' '이 브랜드에게 지금 진짜 필요한 건 뭘까?'

세상은 틀을 깨는 것을 좋아하잖아요. 끊임없는 질문은 틀 바깥의 새로운 것을 만들어내는 단초가 됩니다. 그러니 끊임없는 '왜?'는 이 일을 하고자 하고 또 오래 하고 싶은 사람들에게 필요한 능력일지도 모르겠습니다. '왜?'는 가장 많은 것을 담을 수 있는 그릇이라는 선배의 말을 가슴 깊이 새기고, 새로운 문제를 만날 때마다 즐겁게 질문을 던지려고 합니다. 물론 매번 즐겁진 않아서 바보 같은 질문을 던질 때도 많지만요.

카피라이터는 어디까지 갈 수 있을까

평생직장이라는 말이 사라졌습니다. 오히려 한 직업에서 오래 일하는 것보다 여러 직장을 옮겨 다니며 자신의 몸값을 올리는 것을 우러러보는 세상이 아닌가 싶어요. 이런 시대일수록 자신의 정체성에 대한 물음을 던지게 됩니다. 이 혼란스러움의 구덩이 한가운데서 저는 가능성이라는 다리를 놓고 카피라이터라는 내 정체성을 지키면서 혼란한 시대에 대한 대답을 준비하려고 합니다.

카피라이터의 이름을 단 11년 동안 책도 쓰고, 작사도 배우고, 재미난 문구를 박은 티셔츠도 만들고, 북 페어도 참여해보고 정말 다양한 활동을 했어요. 이는 '글'을 다루는 직업이라는 방대함과 모호함이 있었기 때문에 다 품을 수 있던 것들입니다. 11년을 딛고 할 수 있는 것들을 찾은 거죠.

처음의 목표는 광고 회사의 카피라이터였습니다. 하지만 시간이 갈수록 어느 한 카테고리 안에 갇히는 건 조금 재미가 없다고 느껴지더라고요. 앞으로 수십 년을 더 일해야 하는데 저변을 조금 더 넓혀야 먹고살 수 있겠다는 현실적인 생각도 작용했고, 또 카피라이터가 정말 광고 회사에만 필요한가?라는 직업적인 궁금함도 있었습니다.

그때부터 카피라이터라는 직업을 조금 더 넓게 보기 시작했습니다. 제가 하는 일은 브랜드나 상품의 가장 좋은 점을 발견해 사람들에게 '메시지'의 형태로 발산하는 일입니다. 그렇다면 과연 '광고의 영역에만 메시지가 필요할까?' '메시지는 시대를 막론하고, 심지어 전쟁 중에도 필요한 일인데?'라며 생각하다 보니 카피라이터는 쓰임이 더 많을 수 있겠다는 나름의 가설을 정하고 움직였죠.

같은 글을 쓴다고 해도 시와 광고 메시지와 작사 그리고 UX 라이팅은 또 다른 영역이겠지만, 그것들에 한 발 내디뎌 본다면 나의 세계는 더욱 넓어질 거라 생각했어요. 하나를 깊게 파서 우물을 만드는 걸 포기한 대신 여러 개의 구덩이를 만들어 나무를 심는 것이 내 인생을 일구는 또 다른 방법이 될 수 있지 않을까? 하고 스스로에게 계속 물음을 던졌습니다.

그렇게 여러 곳에 심어둔 저의 나무가 결국 숲을 이룰지, 어떤 열매를 맺을지 그 답은 저도 그리고 아무도 모릅니다. 다만 '카피라이터는 어디까지 갈 수 있을까?'라는 불은 이미 지펴졌고, 어디로 향할지는 다시 저에게 달린 거겠죠. 하지만 이 생각을 하기 시작했다는 것이 중요하다고 생각합니다.

저는 한 분야의 끝판왕이 되는 것보다 다채로운 재능을 펼치는 길을 택했습니다. 장인이 될 용기가 없었던 것이 첫째고, 둘째는 끈기가 부족한 제 성격상 다양한 재미를 찾으면 그것을 에너지로 치환할 수 있을 것 같다는 막연한 기대가 있었는데요.

직업에 대한 애정을 기반으로 그 위에 내게 재미와 의미를 주는, 글로 할 수 있는 다양한 분야의 문을 두드려 봅니다. 카피라이터는 어디까지 갈 수 있을까요? 여러분의 직업에도 물음을 던져보세요. 한 직업만 하고 살기엔 너무 긴 인생이며 세상은 정말 넓으니까요.

3부

지금부터
해야 할 일

내 삶의 구원자는 결국 나

2-3년 차쯤이었을까요. 제 아이디어가 채택되지 않으면 너무 화가 나고, 다른 팀의 작은 태도 하나에 열을 내며 싸웠습니다. 촬영장에선 쉴 새 없이 뛰어다니며, 선배에게 좋은 얘기 하나 더 들으려고 가짜 야근을 했던 아주 열정적인 시절이었답니다. 그땐 매일 천국과 지옥을 수십 번 오가는 기분이었어요. 외부의 자극으로 저의 기분이 결정되었기 때문입니다. 칭찬과 인정을 받는 것은 정말 기분 좋은 일이었거든요. 내가 누군가에게 필요한 사람이라는 것은 일하는 저에게 가장 중요한 가치였죠.

지금은 조금 심플해졌습니다. '나는 나, 너는 너, 일은 일'이라며 보이지 않는 선을 그어놓고 일을 합니다. 틈 하나 없이 일과 딱 붙어 지낸 과거와 달리 지금은 사람이든 일이든 의도적으로 거리를 유지하게 됐어요. 그 틈 사이로 바람이 솔솔 통하게 되니 관계는 쾌적해지고, 묵은 곰팡이도 사라졌습니다. 갑자기 일이 엎어져도 툭툭 털고 다음 일을 생각하고, 상대의 말투나 업무 스타일이 마음에 안 들어도 '그럴 수 있지.' 하며 넘길 수 있게 되었죠. 시작할 때에 비해 일이 재미없어진 거 아니냐 묻는다면 글쎄요. 거의 비슷한 재미를 유지하면서도 자극이 많은 회사에서 나의 상태를 유지하는 법을 어느 정도 터득했다고 생각해요.

비가 오면 온몸으로 맞아 옷이 다 젖도록 만들었고, 천둥이 치면 칠 때마다 무서워하고, 쨍쨍한 날씨가 마냥 좋은 줄만 알고 바라보다 까맣게 타도록 스스로를 내버려둔 시기가 있었어요. 그러니 회사의 날씨가 곧 제 상태가 될 수밖에 없었죠. 일이 곧 제 기분이 되었고 일에 끌려다니는 인생을 한동안 살았습니다. 당연히 피폐해졌고 나라는 존재를 잃어갈 뿐이었죠. 세상은 그걸 열정이라는 단어로 뭉뚱그려 예쁘게 표현해 주어서 긴 시간을 보내 버렸습니다. 새벽 출퇴근을 해도, 일에 치여 잠 못 드는 밤이 잦아도, 주말에 불러도 웃으며 바보같이 회사에 취해 있었어요.

하지만 이젠 일을 오래 하기 위해서 회사와의 거리 두기가 필요하단 것을 알게 되었습니다. 그리고 회사의 날씨에 내 상태를 맡겨버리면 위험하다는 것도 알았죠. 그래서 지금은 비가 오면 비를 피할 우산을 펼치고, 해가 났지만 너무 쨍쨍하다 싶으면 그늘에 숨고, 천둥이 오면 에어팟으로 귀를 막으면 된다는 것을 압니다.

오래, 또 즐거이 회사 생활을 해나가는 선배들을 보며 그리고 혼나며 배운 것들입니다. 일이 싫어서가 아니라 오히려 좋아서, 더 오래 하고 싶어서 터득한 일종의 생존 기술이라면 기술이죠. 좋아하는 일을 계속하려면 덜 좋아하는 마음이 필요하더라고요. 이것을 깨닫는 건 온전히 저의 몫이었습니다. 그 누구도 나의 인생을 구원해주지 않아요. 그러니 내 마음의 날씨는 내가 챙기는 겁니다.

내리는 비를 막을 수는 없겠지만 비가 올 때 빗속에서 행복할 수 있는 방법을 우리는 찾아야 합니다.

맷집 창의력의 진짜 얼굴은 지루함

'창의적인 일을 하는 곳'이라 하면 어떤 모습이 떠오르나요? 자유로운 출퇴근 시간, 더 자유로운 복장, 파티션은 무슨, 매일 자리가 바뀌는 회사 시스템이 가장 먼저 떠오릅니다. 알록달록한 인테리어의 회사도 상상되죠. 그런데 말이죠. 저에게 창의적인 일의 진짜 얼굴은 회색빛 지루함에 가깝습니다.

반짝이는 결과는 찰나일 뿐, 창의력을 요하는 이 직업은 지루한 반복과 끝없는 고민이 99%를 차지합니다. 상업의 영역에 위치한 광고, 마케팅에 계신다면 더욱 공감하실 거라 생각해요. 어떤 선배가 말하길 카피라이터는 (A4 용지의) 그립감이라는 말을 하기도 하고(그만큼 많이 써야 한다고), 누군가는 엉덩이의 힘이 필요하다고도 하며, 기본적으로 근성이 필요한 일이란 말을 많이 듣고 자라 왔습니다. 그런데 일해보니 정말 그렇더라고요. 누구나 생각할 수 있는 것부터 시작해서, 그다음 생각, 그다음 생각으로 계속 펼쳐가는 데에는 물리적인 시간이 들 수밖에 없습니다. 그 꾸준함과 긴 지루함을 견뎌낸 끝에야 창의력 비슷한 곳에 도달할 수 있게 되었죠. 깊고 지루한 다이빙을 하는 느낌이랄까요.

뮤즈를 기다리지 말라. 여러분이 해야 할 일은 날마다 아홉 시부터 정오까지, 또는 일곱 시부터 세 시까지 반드시 작업을 한다는 사실을 뮤즈에게 알려주는 것이다.
○ 스티븐 킹《유혹하는 글쓰기》

변형 없이 루틴을 유지합니다. 그것은 일종의 최면술입니다. 더 깊은 마음 상태에 도달하기 위함이죠.
○ 무라카미 하루키

꾸준한 작업으로 늘 사랑받는 두 작가도 비슷한 말을 했네요. 환희의 순간은 잠깐이고, 그 순간을 위해 수개월 달려가는 지루한 작업의 연속은 다행히 저들에게도 필연적입니다. 지루함을 버티는 맷집이 얼마나 오래 살아남을 수 있을지 가늠하는 척도이지 않을까 싶을 정도죠.

　　시간을 내어 끝까지 파고들고, 누구보다 오래 고민한 끝에 내놓는 답. 그 지난한 여정을 좇아가며 목적을 잃지 않은 사람들이야말로 그 길의 끝에서 창의적이라는 이름표를 얻게 되는 것 같습니다. 이 지루함을 사랑하기는 힘들겠지만 우리는 어렵게 얻어낸 답을 그토록 사랑하기에 또 지루할 걸 알고서도 몇 번이고 뛰어들게 되나 봅니다.

10년 넘게 직장 생활을 하니 두 번의 번아웃을 겪었습니다. 20대 중반까지 보고, 듣고, 즐기던 것을 하나, 둘 꺼내쓰니 바닥이 보인 건 당연한 일이었을까요. 더 이상 꺼내쓸 게 없이 바닥을 보였는데도, 꺼낼 게 없는데도, 자신을 짜내며 일하는 순간 번아웃이 왔습니다.

두 번의 번아웃을 겪으며 두 가지를 잃는 경험을 했는데요. 첫 번째 번아웃에서 잃었던 건 '의미'였습니다. 8년 차 즈음이었을까요. 이렇게 일을 하는 이유가 떠오르지 않는 겁니다. 내가 왜 책상에 앉아 있는 것인지, 내가 왜 이 브랜드의 카피를 써야 하는지, 이 카피는 어떤 목적을 갖고 써야 하는지 이유를 모르겠기에 판단할 수가 없었습니다. 팀장님께 혼나기도 하고 마음을 다잡으려 노력해 봤지만 스스로의 의지로 번아웃을 이겨낼 수 없었죠. 그것은 퇴사의 이유 중 하나가 되었습니다. 3개월가량 쉬면서 산책을 하고, 한강을 거닐고 계절을 느끼며 서서히 체력을 우선 회복했죠.

두 번째 번아웃에서는 '건강'을 잃었습니다. 비교적 최근의 일인데요. 일이 너무 많은 건 언제나의 스트레스라 그러려니 하며 지내던 어느 날, 온몸에 두드러기가 나고, 눈물이 멈추지 않고, 자다 깨서 저도 모르게 돌아다니는 일이 일주일 사이 일어났어요. 그저 스트레스를 잘 받는 예민한 성격이라 치부한 것들이 몸의 이상으로 나타난 거죠. 회사의 배려를 얻어 당장 일을 멈추고 일주일간 아무것도 하지 않는 시간을 가졌습니다.

이 두 번의 번아웃을 통해 깨달은 것은 '나는 나를 모르는구나.'입니다. 내 마음의 상황도, 몸의 상태도 전혀 모르고 살았던 거죠(신호를 엄청나게 보냈을 텐데 말이에요). 번아웃을 마주하니 할 수 있는 건 잠깐 닻을 내리는 것뿐이었습니다. 해결 방법을 모른 채 그저 움직임을 멈췄죠.

세 번째의 번아웃이 또 찾아올 거라는 것을 이제 압니다. 첫 번째는 8년 만에, 두 번째는 고작 2년 만에 찾아왔으니 다음은 아마 더 빨리 찾아올지도 모르겠어요. '그럼 나는 어떤 준비를 하고 있어야 할까.' 고민을 했고, 필연적으로 올 그 시간을 서서히 늦추는 데 목표를 설정하고자 합니다.

'조금만 더'라며 한두 시간 했던 야근은 잠시 접어두고 한두 정거장 산책을, '한 시간만 더'라며 깊은 고민의 늪으로 스스로 끌어들였던 시간을 한두 장 책 읽기로, 온전히 쉬지 못했던 주말의 시간은 한 시간의 달리기를 해봅니다. 고작 이런 것들이 얼마나 도움이 되겠느냐마는 돌아보니 고작 이런 것도 못 하고 살았던 인생이었던걸요.

슬프지만 아직도 다시 일어나기 위한 비장의 무기 따위는 모르겠습니다. 일로 인해 무너져버린 일상에 든든한 기초체력을 다시 단련해 주는 수밖에요. 그리고 약간은 예민한 개복치가 되어보는 겁니다. 어차피 다시 쓰러질 테지만 곧바로 일어나기 위해 기르는 일상의 힘은 어느 때보다 절실합니다. 이는 꼭 회사가 아니더라도 살아가는 데에 필요한 기초체력이 아닐까 해요. 오래 일하기 위해 필요한 건 쓰러지지 않는 마음이 아닌 쓰러져도 다시 일어날 수 있는 마음입니다. 일은 언제나 우리를 쓰러지게 만들 테니까요.

도망쳐도 좋습니다. 쓰러진 김에 잠깐 누웠다 일어나는 건 더 좋습니다. 우리 부디, 스스로에게 덜 엄격해집시다.

확신과 의심 지금까지 일하게 하는 힘

11년을 돌아보면, 3년 차까진 저의 쓸모없음에 힘들어했고, 7년 차 즈음엔 우습지만 세상에서 제가 일을 가장 잘한다 생각했어요. 그런데 11년 차가 넘은 지금, 이 일을 어떤 마음으로 해나가고 있는지 잘 모르게 되었습니다. 오히려 다시 일이 어렵고 무겁게 느껴지는 것 같아요. 예전에는 사람들에게 카피라이터라 소개하는 것을 자랑스럽게 생각했지만 지금은 그 직업의 무게가 묵직하게 다가옵니다. 소중한 것을 대하는 마음에는 두려움이 동반되기 때문일까요. 그렇다면 저에게 이 직업은 갈수록 소중해지나 봅니다.

그래도 10년을 넘게 해온 일이다 보니 하는 방법 정도는 희미하게 알 것 같기도 해요. 그래도 '이것이 맞다.'라고 확신하는 일은 잘 없지만요. 카피라이터로 오래 일하다

보니 강의 요청이 자주 들어오는데요. 대부분 '카피 쓰는 법!' '팔리는 카피란 이런 것!'과 같은 주제로 이야기하길 원하시더라고요. 마음은 이해합니다. 강의를 들으러 온 사람이 원하는 것은 그래서 어떻게 하면 되는지 등의 방법론일 테니까요.

하지만 저는 명쾌한 답을 내릴 수 없는 사람입니다. 조금 나은 방법 정도는 알고 있겠지만 그게 단 하나의 정답은 아닐 수도 있다고 의심하는 사람이에요. 누군가에게 단 하나의 정답을 제시하는 것은 꽤 무서운 일이더라고요. 계속 고민할 뿐이죠. 그래서 언제나 어렵고 언제나 불확실합니다. 하지만 돌아보면 부끄러울 정도로 망했던 것들은 걱정에 비해 거의 없습니다. 그나마 절반의 확신과 절반의 의심이 있었기에 그 정도이지 않았을까 하는 생각이 들기도 합니다.

어떻게 하는 일인지는 알겠으나, 완벽하게는 모르겠다는 것을 이유로 매일 스스로를 의심을 했던 지난날이 그나마 성장으로 보답을 해주었습니다. 한 분야에서 10년을 넘게 일하면 눈 감고도 일을 할 줄 알았는데 그게 아니라는 것이 절망적이지만 어쩌겠어요. 그래도 절반의 확신은 얻었으니.

앞으로 중요한 건 이 확신과 의심의 적절한 밸런스를

지키는 겁니다. 너무 확신하지도 않고, 너무 나의 능력을 의심하지도 않는 것. 그 밸런스가 직업인으로서의 나를 지탱해 주는 중요한 힘이 될 것이기 때문이죠. 단 한 가지 확신하는 건 확실한 것은 아무것도 없다는 것, 오로지 절반의 확신과 절반의 의심만이 스스로를 나아가게 할 뿐입니다.

콤플렉스 단점 끝엔 항상 장점이 있다

제게는 콤플렉스가 있어요. 그건 바로 어렸을 때부터 많이, 아주 많이 소심했던 제 성격입니다. 버스를 타고 목적지에 도착하면 벨을 눌러야 하는데 집중받는 것이 그렇게 싫었어요. 혼자 내려야 한다면 내려야 하는 역을 지나쳐 버리고 누군가 내릴 때 따라 내려 목적지까지 돌아가던 아이였죠. 화장실 안에서 친구들의 목소리가 들리면 모두 나갈 때까지 기다리고 난 뒤 문을 열고 나오는 건 지금도 비슷해요. 수업이 끝나고 집까지 바래다주는 학원 차량 담당 선생님께 아파트 이름을 말하는 게 부끄러워 그냥 집까지 걸어갔던 기억. 걸어가는 중 학원 차가 뒤에서 다가오는 것 같으면 건물에 잠깐 숨었던 기억까지. 이렇게 소심한 학생이 있었나 싶을 정도로 내향적인 사람이었네요 저는.

이 콤플렉스는 대학생이 되고 직장인이 되며 어느 정도 보강이 많이 되었지만 그 기질은 여전히 남아 있습니다. 가끔 이 콤플렉스를 마주하면 어렸을 때의 복잡한 마음이 되살아나 힘들기도 합니다. 그런데 우연하게도 카피라이터를 하는 친구들 중엔 저와 비슷한 성격을 가진 친구들이 많더라고요. 그게 정말 우연일까 싶어 이 기질이 어떻게 일에 발현되는지를 살펴봤어요.

너무 소심한 성격에 할 말을 못 하게 되니 계속 궁리를 하고, 궁리가 잊힐까 기록을 합니다. 말을 잘 못하니 말이 아닌 분위기를 더 읽으려고 하고, 누군가 불편한 사람이 있을까 주의 깊게 살폈죠. 그래서 가끔 사람들이 보지 못하는 것들을 먼저 알아차리는 능력이 생겼습니다. 회의실에서 더위를 느끼는 사람이 있는지, 작은 소리에 예민한 사람들이 있는지 가장 빨리 알았고, A를 말하지만 사실은 B를 원하는 사람의 진짜 목소리를 알아듣게 되었어요.

이런 기질은 자연스레 카피라이터의 장점으로 발현되었습니다. 같은 말도 다르게 들리게 하기 위해 여러 번 시도하고, 평범함에서도 비범함을 찾아내려고 애쓰는 시간이 어렵지 않았죠. 모두가 신경 쓰지 않는 부분을 챙기려고 하고, 그 과정을 잊지 않기 위해 계속 기록해두는 건 평생 해온 일이라 이 또한 어렵지 않았습니다.

어느 날 나의 소심한 기질은 단점일까? 장점일까? 골똘히 생각해본 적이 있어요. 답은 '둘 다'인 것 같더라고요. 단점이지만 장점이라는 것을요. 단점과 장점은 마치 뫼비우스의 띠처럼 결국엔 끝과 끝이 이어져 있다고 생각해요. 예민한 사람을 뒤집어 보면 섬세하게 보일 테고, 둔한 사람을 뒤집어 보면 둥글둥글한 성격이 매력일 수 있죠. 성격이 급한 사람은 덜렁이는 단점이 있지만 누구보다 빠르게 반응할 테고, 내향적인 사람은 외향적인 사람보다 말을 더 신중히 고르는 능력을 가졌을 가능성이 높죠.

우리가 콤플렉스라고 부르는 것들을 잘 관리하면 한 개인의 결이 된다는 사실. 그것을 적극 발휘할 수 있는 직업을 고르면 또 더할 나위 없다는 사실을 어느 소심한 사람이 카피라이터가 되어 알아가고 있습니다.

자신의 단점만 보인다면 그것을 뒤집어 생각해 보세요. 단점은 밉게 보는 장점과도 같아서 사실은 하나의 재능인데 너무 그늘진 면만 보고 있는 걸지도 모릅니다. 스스로를 조금만 더 예쁘게 바라봐 주세요.

그 착각이 데려다준 미래

'진짜 이 길이 내 길인가.' 하는 불확실성과 마주하면서 버틸 수 있었던 힘은 '이것밖에 없다.'라는 생각이었다. (중략) 자기가 뭔가 대단한 일이라도 할 것 같은 착각이라도 하며 살아야 그 힘든 시기를 견딜 수 있다.

○ 주성철《데뷔의 순간》속 박찬욱 감독의 글

《데뷔의 순간》은 읽고 또 읽을 정도로 참 좋아하는 책입니다. 《씨네21》이라는 영화 잡지사의 주성철 전 편집장이 우리가 아는 17명의 영화 감독에게 감독이 되기까지의 여정을 인터뷰한 것인데요.

　　그중에서도 저는 박찬욱 감독의 글을 좋아합니다. "뭔가 대단한 일이라도 할 것 같은 착각"이라는 말이 치기 어린 어릴 적의 근거 없던 자신감을 도전의 에너지로 잘 포장해주는 것 같아서인데요. 한 가지 이유를 더 꼽으면 대단한 감독은 시작이 뭔가 대단하고 극적일 것 같았지만, 생각보다 볼품없었다는 사실이 감독님께는 미안하지만 저에게 큰 위로가 됩니다.

역사의 한 페이지를 쓴 위대한 감독도 명확한 목표 없이 꿈을 좇았다는데 하물며 평범한 직장인은 무슨 확신으로 꿈을 꾸고 일을 시작하겠어요. 그냥 해보는 거죠. 취업이든 이직이든 언젠간 될 거라 믿으며 열심히 사는 수밖에요. 그러다 약간의 가능성이 보이면 그쪽으로 가보기도 하는 것이고요.

취업을 하기 전 공모전을 나가던 대학생 시절부터 마음속으로 저는 이미 카피라이터였어요. 카피라이터라는 직업을 꼭 내 명함에 새길 수 있을 거라는 허무맹랑한 자신감은 어디에서 나왔는지. 아직도 그 출처는 모르겠지만 그 굳은 착각 덕분에 행복하게 살았습니다. 그 착각이 말이죠. 밤도 지새우게 해주고, 공모전도 열 번 넘게 도전하게 해주고, 서울로 취직할 용기까지 주었어요. 아주 힘이 센 착각입니다. 저를 여기 꿈 가까이에 데려다주었으니 말이죠.

돌아보면 가장 힘든 시기였지만, 돌아보니 크게 착각

하며 아주 행복하게 살았던 어린 시절이었네요. 마치 인삼밭의 고구마처럼요. 착각하는 힘은 그 시절만의 에너지가 아닐 거라 믿고 싶어요. 새로운 도전 앞에서는 언제나 아름다운 착각을 하는 내가 되기를 바라봅니다.

언제나 위태로울 나에게

《손자병법》에는 이런 말이 나옵니다. "지피지기(知彼知己)면 백전불태(百戰不殆)" 혹시 눈치채셨나요? 우리가 알던 '백전불패'나 '백전백승'이 아니라 백전불태라는 것을요. 적을 알고 나를 알면 '백 번 싸워도 위태롭지 않다.'라는 뜻인데요. 상대를 이기기 위한 필승 전략으로 알고 있던 말이 사실은 나 혼자의 힘으로 바로 서있을 수 있는가에 대한 말이더라고요. 저 또한 최근 이 사실을 알게 되어 어떤 메시지를 전하려고 하는 걸까 다시금 네 글자를 곱씹어 보았습니다.

카피라이터라는 직업은 대부분 회사에 속해 있지만 주로 개인플레이를 하는 편입니다. 보통 광고 회사에선 대개 한 팀에 한 명의 카피라이터가 기본이고요(시니어와 주니

어로 세팅이 되어 있는 곳도 있지만 실질적인 업무를 하는 건 늘 소수입니다). 광고 회사에서 29CM로 옮겨온 지금은 300명의 인원 중 단 한 명의 카피라이터로 일하기에 혼자의 힘으로 서있는 일이 무엇보다 중요해졌습니다.

백전(百戰)이라는 말이 무색할 만큼 회사를 다니며 수천수만 번의 싸움을 목격하고 경험합니다. 물론 여기서의 싸움은 일을 잘하기 위한 '의견 교환'을 말합니다. 좋은 결과를 위해선 싸움은 꼭 필요하다고 생각해요. 의견 교환을 하며 생기는 스파크는 좋은 크리에이티브의 불을 지피는 도화선이기도 하니까요. 하지만 우리는 사람인지라 가끔 감정의 피해자가 생길 때가 있죠.

저는 정신력이 그리 강한 편이 아니라 자주 무너지고 자주 위태로웠습니다. 누군가의 말에 잘 상처를 받지만 동시에 칭찬에 잘 성장하기도 했습니다. 위태롭지 않을 방법을 몰랐던 대신 바닥을 박차고 올라오는 힘을 길렀죠.

하지만 직급이 높아질수록 저를 칭찬해주는 사람은 자연스레 줄어들었습니다. 칭찬의 말보다 상처되는 말이 더 많은 과도기를 겪는 지금 '백전불태'가 더 와닿지 않았나 싶어요. 언제까지 부둥부둥 칭찬을 받고 자라게 두지 않는 사회이기에 요즘은 혼자를 기르는 법을 터득하는 중입니다.

동료와의 침 튀기는 설전이든, 나와의 싸움이든, 회사 안에서 일어나는 어떠한 형태의 전투 앞에서도 위태롭지 않을 수 있는 첫 번째 방법은 내가 나에게 힘을 주는 것입니다. 몸이 힘들면 그 속의 알맹이도 흔들리니 체력을 먼저 비축하고, 그다음은 남이 해주던 칭찬을 내가 나에게 하기 시작하는 거죠. 10년 넘게 스스로를 궁지로 몰아가며 성장을 해왔던 터라 타인의 인정과 칭찬은 꼭 필요한 자양분이라는 걸 깨달았거든요. 그래서 이제는 '좋다.' '할 만큼 했다.' '최선이었다.'라는 인정을 스스로에게 부여합니다. 칭찬해 줄 상대가 현저히 줄었으니 칭찬의 주체를 '저'로 바꾸었습니다. 체력을 기르는 건 비싸잖아요. 셀프 칭찬은 무한동력이며 심지어 무료인걸요.

이렇게 다짐한들 매일 밤 잠자리에서 '그렇게 말하지 말걸.' '이렇게 말할걸.'이라며 후회하는 시간을 가지겠죠? 그래도 그토록 소심했던 제가 지금 사람들 앞에서 프레젠테이션을 하는 걸 보면 기질은 후천적인 학습으로 얼마든지 보완 가능할 거라 믿어요. 서른이 훌쩍 넘었는데도 아직 마음은 어린 제가 못 미덥지만 작은 다짐으로라도 서서히 무게중심을 나에게 가져오는 연습을 해보려 합니다. 그럼 언젠가 내 것이 될 수 있겠죠? 혼자의 힘으로 위태롭지 않을 수 있도록 나라도 내 편이 되어 주어야겠습니다.

<u>내일</u> 변하지 않기 위해 변해가야 할

서른 개의 노가 달려 있었던 테세우스의 배는 아테네인들에 의해
데메테리우스 팔레레우스의 시대까지 유지·보수되었다.
썩은 널빤지를 뜯어내고 튼튼한 새 목재를 덧대어 붙이기를
거듭하니, 이 배는 철학자들 사이에서 '끝없이 변화하는 것들에
대한 논리학적 질문'의 살아 있는 예가 되었다.
어떤 이들은 그 배가 그대로 남았다고 여기고,
어떤 이들은 배가 다른 것이 되었다고 주장하였다.
○《플루타르코스 영웅전》〈테세우스 편〉 23장 1절

일을 하면서 성격도 바뀌고, 입는 옷도, 먹는 음식도, 회사
도, 사는 집도, 주변의 친구들도, 하는 일의 일부도 바뀌었
습니다. 10년 전과는 완전히 다른 내가 되어 있는 느낌이
죠. 단순하게 달라진 건지, 성장한 건지를 묻는다면 갸웃하

지만요.

　구준함보다 유연함을, 장인 정신보다 다재다능을 큰 가치로 보는 요즘엔 이런 혼란이 자주 옵니다. 크고 작은 외부의 변화를 모두 받아들였던 내가 10년이 지난 지금, '내 것'이라 말할 수 있는 건 무엇인가 스스로에게 묻게 되죠.

　과거엔 팀장님이든 국장님이든 틀렸다 생각하면 대드는 정의감에 불타는 저였는데, 지금은 적당히 분노하고 적당히 받아들이며 적당히 참을 줄 아는 사람이 되었습니다. 이런 제 모습을 보면서 열정을 잘못 갖다 버린 걸까 싶다가도, 같은 것에 흥미를 가지고 눈이 반짝이는 모습을 보면 껍데기는 달라도 여전한 마음을 갖고 있다는 생각이 듭니다.

삶이라는 것은 거대한 흐름 속에 존재합니다. 거북이나 고래를 제외한 대부분의 포유류는 인간보다 빨리 죽고, 영장류 또한 고작해야 20년을 산다고 해요. 적어도 80년이라는 긴 시간을 살아가는 인간의 삶이기에 테세우스의 배와 같은 고민이 시작되었다고 생각합니다.

　배가 어떤 모양이든, 재료가 유지되든 바뀌든, 타고 있는 나는 여전한 나입니다. '나'를 결정하고 정의하는 것은 배를 만드는 재료나 색상이 아닌 어디를 향하는가에 답이 있지 않나 생각합니다. 내가 좋아하는 것, 내가 가장 중요하게 생각하는 것, 나를 쉬게 하는 것, 나에게 감동을 주는 것 등 지키고 싶은 것을 제외하고는 나머지 배의 재료는 언제든 갈아끼우고 받아들일 준비를 하면 어떨까요? 나의 정체성은 보다 선명해지지 않을까요?

죽은 물고기만이 물의 흐름을 좇는다는 독일의 속담처럼, 나를 잃지 않기 위해선 변하지 않을 소중한 것들을 붙잡고 스스로의 항해를 시작해보는 겁니다.

모든 것은 불안으로부터

저는 불안을 많이 느끼는 사람입니다. 긴장도도 다른 사람들에 비해 높고, 그래서 스트레스를 잘 받는 성격이라는 평가를 상사로부터 많이 들었어요. 한 달 전 남자친구 집에서 잠이 들었던 날, 잠든 지 한 시간쯤 지났을 때 제가 갑자기 현관문을 열고 나가 도어록을 빤히 쳐다보며 "이거 고쳐야 되는데."라고 중얼거리고 있었다고 하더라고요. 행동은 기억에 있지만 행동한 이유는 기억나지 않았어요.

아침에 슬쩍 본 고장 난 도어록이 내심 마음에 걸려 '해야 하는 것'이라는 부담과 집의 잠금장치가 고장났다는 불안을 몸이 기억해 저도 모르게 스트레스를 받고 있었던 것이라 예상해요. 이 일화는 불안이라는 감정이 극에 달한 경우지만, 저는 아마 비슷한 형태로 평생의 시간을 불안과 싸워 왔던 것 같습니다.

불안의 출처는 어렴풋이 알 수 있을 것 같아요. 사람들이 잘 모르는 대학교 출신이라는 것, 기댈 친척 하나 없는 서울에서 일하고 있다는 것, 친구도 열 손가락으로 셀 만큼밖에 없었다는 것, 신입사원 시절 아무도 모르는 작은 회사를 탈출하고 싶었다는 것, 끝내 내가 원하는 광고 회사에 갔지만 거기에서도 내 능력을 증명해야 했다는 것, 그러다 사랑했던 광고 회사를 떠나야 했다는 것, 또 새로운 회사에 적응을 하고 도전을 해야 한다는 것. 돌아보니 정말 모든 여정이 불안의 릴레이였군요.

하지만 그 틈을 비집고 들어가 보면 거기엔 독립출판도 있었고, 브런치에 쓰는 글도 있었고, 인스타그램 페이지도, 개인 프로젝트도 있었습니다. 덕분에 이렇게 세 번째 책을 쓰고 있기도 하고요.

불안해서 자주 불행했지만 불안 위로 쌓아 올린 소중한 것들이 저를 지탱해 주고 있다는 걸 느낍니다. 되게 아이러니하죠. 절벽에 매달려 있었던 시간만큼 근력이 생긴 느낌이랄까요. 의도하거나 하고 싶진 않았지만 그래도 힘들기만 했던 건 아니라는 사실에 약간의 다행을 느낍니다. 그 아이러니함이 준 삶을 이끄는 힘을 알기에 이제는 불안을 외면만은 하지 않으려고 자세를 고쳐봅니다. 나를 말해

주는, 내가 사랑하는 거의 모든 일들이 모두 불안해서 했던 일이라는 것을 싫지만 인정해야 할 때가 온 것 같거든요.

이렇게 떵떵거리는 멋진 발언이 책으로 박제되어 나가겠지만 사실은 아직 불안을 즐길 단계까지는 못 미친 얕은 내공입니다. 자주 찾아오는 불안에 곧잘 흔들리고, 계속 잠 못 이루겠죠. 이 불안이라는 친구는 좀처럼 익숙해지지 않네요. 연차가 쌓이고 나이가 들면 괜찮나 싶다가도 또다시 얼굴을 갈아 끼워 제 앞에 나타납니다. 아마 평생 안고 살아야겠죠. 그럴 거라면 이놈의 불안을 더 이용해 먹어야 덜 억울하지 않을까요? 살아가면서 많은 미션을 마주하고 함께 여러 가지 두려움을 느끼겠지만 불안은 힘이 훨씬 세서 우리를 앞으로 이끌어줄 것입니다.

그래서 불안을 영리하게 이용해요 우리. 불안한 감정이 올 때야말로 '내가 나아갈 타이밍이구나.'라고 스스로를 설득해 보면서요. 우리 모두가 불안이라는 감정이 올 때 안심하게 될 수 있을 그날까지.

재능의 발견 **적당히가 되지 않는 일**

사람이 성장해가며 재능을 발견하게 되는 구간은 어디일까요? 저는 '지나침'이었습니다. 정작 해야 하는 일을 뒤로하고 하고 싶은 일에 빠져 있다 선생님이나 부모님에게 등짝 한번씩은 내어주었죠. 그것이 특정 과목일 수도, 게임일수도, 드라마나 책, 운동 혹은 화장일 수도 있겠죠.

저는 봤던 드라마를 계속 다시 보고, 라디오에서 나오는 음악을 녹음해 필사했습니다. 저희 어머니는 "부디더 생산적인 일을 해다오."라며 부탁하셨지만 저는 이미이야기와 글에 빠져 아무도 말릴 수 없었던 중학생이었죠. 결국 그 중학생은 카피라이터가 되어 그토록 좋아하던 글을 원 없이 쓰고 있습니다. 돌아보면 그때 지나치게 좋아하지 않았다면 결코 발견하지 못했을 직업일 수도 있다는 생각이 듭니다.

이 책을 쓰며 저는 '일'과 '직업'에 대해 다시금 진지하게 생각해 보는 시간을 자주 가졌습니다. 나름 주변을 면밀히 살펴보며 내린 저의 결론은, 사람들은 한 가지 일을 오래 했을 때 그나마 덜 힘들 수 있는 일을 직업으로 고른다는 겁니다. 그리고 회사란, 각자가 고른 덜 힘든 일을 효율적으로 맡아 고통을 나눠서 하는 장소인 거죠. '너는 그나마 글 쓰는 게 덜 힘들지? 넌 그거 해. 난 숫자를 보는 게 편하니 이걸 할게.' 하고 말이죠. 이 시대의 재능이란 한 가지 일을 오래 할 수 있는 힘일지도 모르겠다는 생각으로 나름의 정의를 내립니다.

예술적이거나 평균을 상향하는 일만이 재능은 아닙니다. 계산이 빠른 것도, 맞춤법에 유난히 예민한 것도, 드라마를 계속 보는 것도, 매일 일기를 쓰는 것도 모두 재능이라고 생각해요. 이 지나침을 즐기다 보면 그 힘은 언젠가 직업이라는 빈 퍼즐로 나를 데려다주기도 합니다.

여러분에게도 적당히가 되지 않는 일이 있지 않나요? 오래 해도 힘들지 않고, 그것마저 넘어 '미치도록 좋아하는 일'이요. 아무도 시킨 적이 없는 일을 스스로 행한다는 것은 얼마나 큰 동력인가요. 그 동력이 학원이나 선생님, 부모님, 친구가 아니라 나 스스로에게도 나온다는 것은 얼마나 큰 축복인가요.

　　그러니 적당히를 모르는 사람이 되는 것도 꽤 좋은 선택일지도 모릅니다. 지나친 애정은 곧 재능이며, 누구도 갖지 못할 나만의 필살기가 될 테니까요.

<u>원동력</u> 모른다는 사실이 주는 에너지

예술을 모르겠다. 그림을 모르겠다. 그런 얘기들을 많이들 한다.
그런데 화가라고 해도 그림 따위 알지 못한다.
예술이나 그림이 무엇인지 아마 아무도 모를 거다.
모르는 게 당연하다. 모르니까 그리고 있는 것이다.
지금도 과거도 앞으로도 평생 그럴 것이다. 알아버린 그날에는
그릴 이유를 잃어버리게 될 것이다. 모르니까 즐거운 것이다.
그림 따위 알 리가 있나.

○ 이다 유키마사(Ida Yukimasa)

위 문장은 화가 이다 유키마사의 전시회 광고 포스터 카피
입니다. '그림은 알고 쌓이는가?'라는 질문에서 시작되어
'사실은 모른다.'라는 대답으로 귀결된 물음을 그대로 전시
회의 광고에 실은 것인데요. 이 글은 오랜 시간 한 가지 일

을 하고 있는 저에게 묘한 울림을 줬습니다.

7년 차 즈음엔 스스로 일을 잘한다고 생각했습니다. 일이 재미있기도 했고, 바란 기대치만큼 카피가 뚝딱 나온 시기가 딱 그때였거든요. 그땐 카피를 잘 쓰는 방법을 알 것도 같았으니 어디 가서 '내가 전문가'라고 말하고 다녔을 거예요. 그런데 오히려 10년이 지난 지금은 자신감이 아니라 의구심을 내밀게 됩니다. 카피라이터⋯ 다시 모르겠다는 생각으로 머릿속은 가득해졌죠. 야속하게도 실력은 꼭 시간에 비례하지 않더라고요.

늘 다른 사람들의 일과 저의 일을 비교하며 내 직업의 전문성에 의구심을 품어 왔습니다. TV에 나오는 이른바 '달인'을 보면 한 가지 일을 수십 년 하며 보지도 않고 무게를 맞힌다거나 기계처럼 일정하게 재료를 썰어내는 등 자타공인 전문가라고 할 수 있는 사람들이 나오잖아요. 그럼 나도 저들처럼 오래 일하면 눈 감고도 카피가 뚝딱 나오는 건가? 더 오래 일하면 카피라이터 전문가라고 할 수 있을까? 아니 애초에 카피라이터는 그런 성격을 가진 일인가? 라는 질문을 계속해서 던지게 되었죠. 카피라이터라는 일은 시간이 그 완성도를 만들어주지 않고 오히려 일을 할수록 겁이 나고 확신은 옅어져만 갑니다.

카피를 보고 혼자 생각을 하다 이다 유키마사의 인터

뷰를 찾아봤습니다. 서로 다루는 기술은 다르지만 결국 창작자의 고민은 비슷할 거라 믿기에 그는 어떤 답을 내렸는지 궁금해졌죠. 그는 이 메시지를 통해 "모르는 채로도 좋으니 멈추는 것이 아니라, 알 수 없는 것들을 계속 마주 보고 과감하게 미래를 개척해 나가자."라는 이야기를 하고 싶었다고 합니다. 그의 대답은 마치 나라는 창작자를 해방시키는 구원처럼 들렸습니다. 아무리 일해도 도대체나 이 일을 알 수가 없어 고민했는데 사실은 모르기 때문에 계속할 수 있었던 거라고요. 모른다는 것이 이 업을 해나가는 데 결점이 아니라 사실은 일을 할 수 있었던 원동력이었다고요.

훌륭한 카피를 쓰는 방법을 다 알아버린 날이 언젠가 온다면, 일은 더 이상 재미있게 느껴지지 않을 것 같다는 생각도 듭니다. 지금처럼 길 가다 읽은 재미난 경고 문구를 찍을 필요도 없을 테고, 좋아하는 작가의 글을 흉내 내고 싶어 참고해 읽을 일도 없겠죠. 더 알고 싶은 것이 없을 테니까요. 미지의 세계를 헤엄치며 얻을 근력과 즐거움은 오직 모르는 사람만이 가질 수 있다는 사실을 이제는 겸허히 받아들이고자 합니다.

저는 이 작가의 말이 "시간이 지나면 돼."나 "나중에

다 알게 될 거야."라는 손에 잡히지 않는 위로보다 더 큰 위로가 됩니다. 여전히 알다가도 모를 테지만, 저만의 최선을 향해 다시 펜을 들어봅니다. 모른다는 사실을 인정하고 스스로를 해방해 보려고요. 의구심에 묶여 있기엔 모르기 때문에 해야 하는 재미난 일들이 너무 많을 것 같거든요.

마음가짐 옳은 길은 없다
선택을 옳게 만들어갈 뿐

처음부터 옳은 길은 없어. 일단 최선을 다해서 판단하고
그 길을 옳게 만들면 되는 거야.

○ 박웅현 TBWA CCO

제가 가장 좋아하는 카피라이터이자 저의 팀장님이었던
TBWA 유병욱CD님의 팀장인 박웅현 CCO님께서 하셨던
말씀으로 마지막 글을 시작해 봅니다. 이는 제 11년간의
카피라이터의 여정을 꿰뚫는 한 문장이기도 합니다.

답을 알고 시작하는 일은 세상에 없습니다. 하물며
창의성이라는 영역에 있는 카피라이터에게 도대체 답이라
는 존재는 뿌옇게만 보이죠. 우리는 늘 다양한 전략과 아이
디어를 자신 있는 듯 던지지만 그 뒤에는 보이지 않는 지

난한 판단, 그리고 최선의 발버둥이 존재했습니다.

최선을 다해 판단하고 그 후에는 뒤도 돌아보지 않고 그 판단을 옳게 만드는 것. 그리고 거기에 최선을 다하는 것. 제가 선배들에게 배운 것 중 가장 유용한 '일의 기술'이자 '삶의 지혜'입니다. 얼마나 좋은 아이디어를 내느냐 얼마나 좋은 카피를 쓰느냐의 문제가 아닌 그 위의 태도에 대한 이야기인 거죠.

그 마음 하나로 일해서인지 '그때 다른 선택을 했다면 지금은 어땠을까?' '다시 처음으로 돌아간다면?'과 같은 질문을 즐기지 못하는 편입니다. 매 순간 나름의 최선을 다했기 때문에 후회가 현저히 적기 때문인데요. 모든 것이 완벽했다기보다는 '우리의 선택에 맞게 만들었다. 그리고 그것에 만족했다.'라는 것에 가깝고, 최선을 다했으니 고생한 나를 토닥여주고 다시 나아가자는 의미입니다.

창의적인 일이든 아니든 이 태도는 어디에든 적용할 수 있습니다. 물론 삶에서도요. 청년에게 실패와 도전을 말하면서, 정작 실패한 청년을 보는 한국의 냉정한 분위기는 실패할까 두려운 마음을 들게 합니다. 그렇지만 우리는 죽을 때까지 선택의 문을 열어갈 텐데, 이왕 그런 인생이라면 내가 결정한 것은 뒤도 돌아보지 않고 옳게 만들어보는 게 어떨까요? 그렇게 옳은 선택투성이의 인생을 만들어 보는 겁니다. 주어진 환경도, 경제적인 배경도 아닌 내 판단과 최선에 달려 있습니다. 통제 가능한 것들이 내 손에 있습니다.

최근 저는 팀원 세 명을 이끄는 파트장이 되었습니다. 선배들이 그렇게 말하고 보여줬던 '최선'과 '판단'을 해야 하는 자리에 당도했습니다. 단순히 일을 잘하는 것만이 아닌 동료의 손을 잡고 걸어가야 하는, 아주 겁나는 일이지만 동시에 세 명의 머리가 더 있다면 또 얼마나 좋은 선택을 만들어갈지 기대가 돼요. 나는 나를, 그리고 동료를 믿기 때문입니다.

나아갈 우리의 길 위에는 옳고 그른 선택이 아닌, 우리가 옳게 만들 선택만이 있을 거라 믿으며 책을 마칩니다.

일에 대한 다양한 답

매일매일 성실하게 점을 찍고 선을 이어 닻을 내리는,
뚜렷하고 단단하게 일하는 n명의 카피라이터에게 물었습니다.

1 — **카피라이터를 어떤 직업이라 정의하고 있나요?**
혹은 어떻게 정의하면 설명하기 쉬울까요?

대홍기획 김민구   논리의 언어를 마음의 언어로 바꾸는 사람.

네이버 한상균   마음을 움직이는 문장을 쓰는 사람.

카카오 전초원   커뮤니케이션 전략 안에서 언어를 책임지는 사람.

TBWA 정송이   클라이언트가 하고 싶은 메시지를 고객이 듣고
싶은 메시지로 치환해주는 사람.

TBWA 서준혁 고집과 타협과, 정의와 변명과, 진실과 거짓말을 버무려 어쨌든 맛있게 만드는 텍스트 간잽이.

스튜디오좋 윤아영 새로운 걸 만들어 내는 게 아닌, 있는 것들에서 브랜드의 무기를 발견하는 사람.

제일기획 오창규 궤변일지도 모르지만, 글을 쓰는 사람이 아니라 생각을 쓰는 사람.

TBWA 성미희 쓰는 게 아닌 지우는 사람.

대홍기획 이재연 모든 방법을 동원해 설득하는 글쓰기를 하는 사람.

무신사 이유나 글을 통해 문제를 해결하는 사람.

2 — **카피라이터라는 직업을 고르게 된 계기는 무엇이었나요?**

카카오 전초원 책과 문장, 영상 콘텐츠를 사랑했던 한 인간이 자라 자연스럽게.

TBWA 서준혁 글은 쓰고 싶은데 책을 쓸 자신은 없고 부자가 되고 싶은 건 아닌데 또 굶어 죽긴 싫은 타협의 타협 끝에 결국 카피라이터가 되었다.

네이버 한상균 미술이 좋아서 광고에 눈이 갔고, 시가 좋아서 카피라이터가 되고 싶었다.

TBWA 정송이 PD로 일하다 보니 모든 일을 다 했지만 직접 한 건 아무것도 없는 사람이 되어 있었다. 단어 하나여도 좋으니 내 손끝에서 직접 만들어낸 무언가를 사람들 앞에 내보이고 싶었다. 그러다 PD 후배랑 밥을 먹다가 질문했다. "나 PD가 아니면 무슨 일 하고 있을 거 같아?" 그랬더니 내 꿈이나 적성에 대해 아무것도 모르는 그 후배가 고민없이 대답했다. "카피라이터요." 그때 뭔가 찌릿하고 지나갔고 뭐라도 해야 겠다는 생각을 하기 시작했다.

무신사 이유나 글을 좋아하고 광고를 좋아했던 사람이라 '카피라이터'가 천직이라고 생각했다. 그러다 기획으로 광고 일을 시작하게 되었다. 회의 시간 카피라이터가 아이디어 내는 모습을 보며 자꾸만 나도 끼어들고 싶은 생각이 들었고, 저게 내가 바로 하고 싶은 일이라는 생각이 들어 전향했다.

대홍기획 김민구　대학교 1학년, 카피학개론 시간에 배운 'BIG JOHN' 청바지 브랜드의 광고 카피가 너무 인상적이었다(어떤 카피였는지 정확히 기억은 나지 않지만 충격적인 정서는 남아 있다). 나도 저런 말을 쓸 수 있으면 좋겠다고 생각했다.

제일기획 오창규　음악과 비주얼이 있는 영상을 만드는 직업을 갖고 싶다는 막연한 꿈이 있었다. 장편은 못 만들겠고, 장문도 못 쓰겠고, 광고가 딱이라고 생각했다. 그리고 디자인이나 마케팅을 전공하지 않는 상태에서 광고를 직업으로 삼으려면, 카피라이터라는 직종밖에 없었다.

이노션 권연수　(정말 솔직하게) 광고 회사 '제작팀'을 가고 싶었는데, 전공 제한이 있는 아트디렉터를 할 수 없어서 선택했다.

TBWA 성미희　고등학생 때 무한도전 애청자였는데, 자막을 보면서 내가 더 재미있게 쓸 수 있을 것 같았다(그때 자막을 카피라이터가 쓰는 건 줄 알았다). 그리고 연예인을 많이 보고 싶었다.

이노션 정현경　아트디렉터로 시작했는데 쓰다 보니 카피 일도 재밌어서. 원고지 몇 장 분량의 긴 글을 쓸 자신은 아직 없지만 당시에 이 정도는 해볼 수 있겠다 싶었다.

스튜디오좋 윤아영　친한 오빠가 서울에 있는 광고 회사를 지원한다기에 따라서 지원했다가 덜컥. 그 오빠는 현 남편이 되었고 지금은 함께 광고를 하고 있다.

대홍기획 이재연　글과 관련된 일을 하고 싶었다. 글 쓰는 직업 중에 그래도 가장 안정적으로 돈 벌 수 있을 것 같아 대학 졸업쯤 카피라이터가 되겠다고 결심했고, '내가 할 수 있을까?' 하는 의심을 가득 지닌 채 2년 동안 여기 저기 굴렀더니 진짜 될 수 있었다.

③── 카피라이터라는 이름을 달고 그동안 무엇을 했고,
　　일에 대해서 어떤 것을 느꼈나요?

TBWA 성미희　글과 생각을 가시화하고, 실현시켰다. 내 아이디어로 사람들이 웃고, 칭찬하는 것이 좋았다. 온에어는 곧 나의 성취감!

대홍기획 김민구　아이디어를 내고 광고를 만들었다. 이 일엔 정답도, 오답도 없다는 걸 느꼈다.

이노션 정현경　대체로 광고 카피를 쓰고, 때로는 브랜드 상세페이지에 들어가는 글까지 글과 관련된 많은 것들을 쓰는 일을 했다. 글쓰는 게 누구나 할 수 있는 일이라서 더 어렵다.

TBWA 정송이　실행 단계에서는 글을 '쓰는' 행위만 보일 수 있지만, 결국엔 프로젝트의 모든 단계에서 끊임없이 '핵심 아이디어'를 지켜내고자 고군분투 해왔다고 느낀다. 광고주의 욕심에 아이디어에 군더더기가 붙지 않도록, 기획자의 욕심에 아이디어가 샛길로 빠지지 않도록 끝까지 노력하는 게 카피라이터의 일 아닐까.

카카오 전초원　전체 커뮤니케이션 전략에서 시작한 콘셉트 도출, 아이디어, 슬로건, 키카피부터 인스타 상세 캡션까지, 브랜드의 고유하고 일관된 목소리를 만드는 일을 했다. 그 과정에서 사람들의 감정, 행동, 생각을 움직여 보려고 부단히 노력했다.

스튜디오좋 윤아영　카피라이터는 주로 캠페인의 흥행과 성공을 위해 멋진 아이디어를 내는 업이라고 생각하기 쉽지만, 겪을수록 크리에이티브가 세상 밖에 나오는 데에는 실무(오탈자 확인, 스케줄 정리, 정확한 커뮤니케이션 등)가 중요하다는 것을 실감한다. 어떤 멋진 크리에이티브도 지난한 실무 없이는 실현이 될 수 없다고 생각한다. 카피라이터도 마찬가지다.

대홍기획 이재연   날것의 인사이트를 발견해 건져내기 위해 애썼다. "고기가 좋으면 양념을 치지 않아도 맛있다."라는 문장을 참 좋아한다. 인사이트가 좋으면 기교를 많이 부리지 않아도 설득할 수 있기 때문이다. 카피라이터라는 이름을 달고 때로는 벅찼고 때로는 짜쳤다. 광고주와 거리가 가까울 때는 그 브랜드의 생사가 나에게 달렸다는 이상한 책임감으로 일했다. 다만 광고주와의 거리가 너무 멀다고 생각될 때는 글자 노동자가 되는 경험을 했다. "'에'보다는 '의'가 낫지 않나요?" "'달콤함'보다 '스윗함'이 낫지 않나요?" 등등의 피드백을 받으며.

무신사 이유나   크고 작은 비즈니스의 문제를 해결했다. 푸시 메시지부터 VIP에게 보내는 레터, 일반 고객에게 닿는 캠페인의 영상까지. 때로는 글을 더했고, 때로는 글을 덜어냈다. 내가 쓴 메시지가 원하는 사람에게 매끄럽게 닿을 수 있도록 늘 머리에 힘을 준다.

네이버 한상균   레퍼런스의 바다를 누비며 못 봤던 창작물에 감탄하고, 새로운 영감을 받고, 많이 배웠다. 경쟁 PT와 아이디어 회의와 야근, 촬영, 편집, 녹음… 광고 회사 직장인의 평범한 일상을 살면서도 꿈꾸던 (하지만 너무 힘든) 클라이언트의 광고를 만들고 있다는 사실이 참 좋았다. 일하면서 나는 이 일을 참 좋아한다는 걸 느꼈다.

TBWA 서준혁 대부분의 순간 똥을 쌌고 간혹 마음에 드는 카피를 썼으며 그중 아주 희박한 확률로, 의도치 않게 사람들의 기억에 남는 카피를 썼다. 그 결과 '이거 어차피 어떤 게 터질지 모르는 확률게임이구나. 더 많은 똥을 싸야겠다.'라는 결론에 봉착.

이노션 권연수 지금까지 많은 카피를 썼다고 생각했는데, 생각보다 "이 카피 내가 썼어!"라고 자신 있게 말할 수 있는 건 별로 없다. '내'가 만든다는 것보다 '팀'과 함께 만든 것이라는 느낌이 강한 직업이라서 그런가. 카피는 누군가의 농담에 누군가의 철학을 녹이고 또 누군가의 말맛이 더해져서 완성되기도 하니까.

④ — 카피라이터에게는 어떤 재능이 필요하다 생각하나요?

이노션 권연수 한 귀로 흘리는 재능. 동시에 귀담아 듣는 재능.

이노션 정현경 심플하게 잘 쓰는 재능.

카카오 전초원 어떤 대상에서도 고유함을 알아보는 안목.

제일기획 오창규 잘 주워 먹고, 담아 놓기 위한 예민한 안테나.
잘 돼도 망해도 일희일비하지 않는 덤덤함.

대홍기획 이재연 '내 문장 다 구려'병을 극복할 수 있는 담대한
마음. 내 카피를 모두에게 읽어주면서 목소리 크기를 유지할
수 있는 용기. 카피도 기세다!

TBWA 정송이 거인의 어깨에 올라설 재능. 이미 좋은 재료는
세상에 널렸다. 훌륭한 글과 멋진 말은 차고 넘친다. 그걸 넘어
서려고 하지 않고 받아들이고 흡수할 용기를 낼 때 카피라이
터의 출발선에 설 수 있는 것 같다.

무신사 이유나 글로 연기하는 능력. 브랜드의 보이스, 제품, 그
리고 상황에 따라 글의 톤도 달라져야 한다. 내가 지금 쓰는 글
은 내가 쓴 글이지만 나를 위한 글이 아니기 때문에.

스튜디오좋 윤아영 내 생각에 매몰되지 않는 능력. 내 생각에 매

몰되는 순간 시야가 닫히고 판단력이 떨어진다. 아이데이션에 몰두하다가도 중간중간 한 발 떨어져서 살펴보는 능력이 필요한 것 같다.

대홍기획 김민구 어떤 생각이든, 어떤 사람이든 받아들일 줄 아는 수용력.

TBWA 성미희 재미를 느낄 줄 아는 재능.

네이버 한상균 사람들이 무심히 스쳐 지나는 풀꽃 하나도 지나치지 않고 관찰할 수 있는 눈. 트렌드의 작은 변화도 기가 막히게 캐치하는 코. 소리 내어 뱉지 않더라도 끊임없이 처음부터 다시 읽는 입.

TBWA 서준혁 부지런한 도벽. 미리미리 사람들의 이야기를 훔쳐 듣고, 문장을 훔쳐 쓰고 맥락을 훔쳐 놓았다가 아주 나중에 내 손때 묻은 카피인 척 내놓아야 한다. 쓰기 직전에 급히 레퍼런스를 보고 훔쳐 봤자 소매치기 표절꾼밖에 안 될 테니까.

⑤ — 일을 하며 어떤 것들이 날 힘들게 했나요?

대홍기획 이재연 텅 빈 PPT. 무에서 유를 창조해야 한다는 부담
감. 야근하며 마무리 작업하는 아트들의 등을 바라보고 더 이
상 할 수 있는 일이 없을 때. '카피 좋던데.'의 기준이 100명이
있다면 100명이 다 다를 때, 그래서 어떤 팀에서는 유능한 카
피라이터가 되고 어떤 팀에서는 할 수 있는 일 없는 사람으로
느껴질 때.

무신사 이유나 내가 카피라이터로 잘하고 있는지 잘 모르겠을
때. 스스로에게 '이게 최선인가?'라는 질문을 할 때마다 왜인지
더 나은 답이 있을 것만 같을 때.

스튜디오좋 윤아영 회의를 준비하며 아이디어도 안 나오고 카
피도 잘 안 써지는데, 탓할 곳이 나 자신 뿐일 때. 개인 아이데
이션 순간만큼은 나 자신과의 싸움이니까.

대홍기획 김민구 혼자 하는 일이 아닌 같이 하는 일이라는 거.
꾸준히 힘들다.

이노션 권연수 '글'은 모두가 매일 사용하는 굉장히 익숙한 툴

이라서 '카피'는 외부의 위협과 공격에 특히 취약하다고 생각한다(글과 카피는 엄연히 다름에도 불구하고). 결코 허투루 쓰지 않았던 조사부터 단어까지, 모든 한 글자 한 글자 지켜내는 게 고단하고 힘들다.

이노션 정현경 누구나 할 수 있다는 점에서 오는 불안감. 능력치를 기르고 싶은데 어디서부터 시작해야 할지 모르겠는 막연함. 정답이 없는 일을 정답으로 만드는 일과 그 과정에서 오는 물리적인 시간, 야근.

제일기획 오창규 비합리적이고 납득할 수 없는 일에 낭비되는 시간과 에너지, 그러면서 바닥나는 사회성. 포악해지는 성격.

TBWA 정송이 '대행'이라는 업의 본질에서 오는 불가피한 일들. 단지 클라이언트의 마음이 바뀌었다는 이유로 전략 방향이 뒤집히고, 누군가가 미루고 미뤄둔 일이 내게 떠밀려 올 때. 잘 쓰고 싶다는 마음보다 잘 쓰이고 싶다는 마음이 치밀어 오를 때.

네이버 한상균 사람의 마음을 움직이고 공감을 이끌어내는 '크리에이티브'가 담긴 광고를 만들던 시절이 끝나고, 그저 말장난 하나면 충분해진 광고로 변해버린 알 수 없는 흐름.

카카오 전초원 다그치는 것도, 괴롭히는 것도 언제나 결국 나 자신.

TBWA 성미희 온에어 과정에서 카피의 영역만으로 해결할 수 없는 문제가 생겼을 때. 때로는 그 문제로 카피가 훼손당할 때.

TBWA 서준혁 광고주도 내 카피를 평가할 수 있고 소비자도 내 카피를 평가할 수 있는데, 기획팀마저 그러할 때.

6 — 일을 하며 어떤 것들이 날 버티게 했나요?

제일기획 오창규 같이 피똥 쌌던 동료들. 그 동료들의 인정과 칭찬 그리고 알코올.

스튜디오좋 윤아영 칭찬. 그리고 함께 골머리 쓰며 싸워주는 전우애 넘치는 동료들, 그리고 내 정신 건강을 책임져주고 있는 운동.

이노션 권연수 내 편, 고양이, 취미 그리고 월급.

TBWA 성미희   나를 존중하는 사람들.

이노션 정현경   맥주 한 잔 할 수 있는 팀원들, 아이디어가 팔렸을 때의 쾌감.

TBWA 정송이   내 손을 떠난 브랜드가 여전히 내가 낸 아이디어를 브랜드의 자산으로 사용하고 있을 때. 내 작업물이 나에게서 독립해 새로운 무언가가 되어 있는 것을 목격했을 때.

TBWA 서준혁   카피라이터만 될 수 있다면 영혼도 팔 수 있다고 철없이 말했던, 내가 가장 존경하는 20대의 나.

대홍기획 이재연   누군가 시켜서 쓰는 글이 아닌 내 글을 쓰는 시간들. 그리고 "카피 잘 쓰잖아." "잘하면서~" 등 타인이 툭툭 던진 말들. 2시간의 점심시간. 모자 쓰고 가도 되는 복장에 제한 없는 자유로운 분위기의 회사.

무신사 이유나   그래도 나는 '글로 벌어 먹고 사는구나.'라는 생각이 가끔 들 때. 물론 글만 쓰는 일은 가뭄에 콩 나듯 있지만… 그래도 나의 직업엔 '글'이라는 뿌리가 있구나 자각하는 순간.

대홍기획 김민구 술과 낚시, 욕과 사랑.

네이버 한상균 누구보다 잘 쓰고 싶다는 욕심, 그런 욕심이 들게 만드는 일본의 광고 카피들.

카카오 전초원 함께 일하는 사람들의 다정한 한마디. 가끔 행운처럼 찾아오는 뿌듯한 결과와 마음.

7 — 과거에는, 또 지금은 어떤 재미/목표로 일을 하고 있나요?

이노션 권연수 여전히 일희일비한다. 인정받으면 기분 좋고, 그렇지 않을 땐 기운 빠지기도 하고.

제일기획 오창규 좋은 아이디어를 생각하고, 실행하는 것이 변함없는 목표다. 다만 이제는 몸과 마음을 해치고 싶진 않아.

TBWA 정송이 과거에도 지금에도 누군가의 문제를 해결해주고 싶다는 본능적인 욕구로 움직인다. 내가 낸 방안으로 문제가 해결된 대상들을 볼 때 순수하게 행복하다.

대홍기획 이재연   내 글로 누군가에게 도움을 줄 수 있다는 사실이 좋다. 사회에 쓰임이 있는 존재라는 걸 카피라이터라는 직무를 하면서 많이 느낀다. 새로운 클라이언트, 브랜드를 맡으면 그게 뭐든 즐겁긴 하다. 자극추구형 인간에게 딱 맞는 업.

무신사 이유나   아직도 '잘 쓰는 사람'이 되고 싶다는 생각을 한다. 하지만 이제는 크리에이티브에는 정답이 없다는 사실을 알기에 나만의 '잘 쓰는 기준'을 만들어 나가고 싶다.

대홍기획 김민구   내 생각만 잘 파는 사람에서 동료의 생각도 잘 알아보는 사람으로.

TBWA 서준혁   멋있는 카피 말고 소비시키는 카피 쓰기. 나의 궁극적인 목표이자 최고의 재미.

네이버 한상균   '잘한다.'라고 인정받는 카피라이터가 되는 게 목표였다. 그래서 문장 하나, 생각 하나 붙잡고 글로 파는 시간이 너무 재미있었다. 지금은 크리에이티브 외에도 '일하는 방식'에 있어서 성장하는 재미를 느끼고 있다.

스튜디오좋 윤아영   예나 지금이나 내 직업을 '카피라이터'라고 소개하는 것이 부끄럽지 않은 사람이 되는 걸 목표로 한다.

카카오 전초원　필연적으로 새롭고, 재밌고, 반짝이는 생각을 계속 수련해야 하는 직업이라 그 자체로 즐겁다. 다만 지금까지는 다양한 브랜드의 목소리를 대변했다면 언젠가 내 자신의 목소리를 올곧게 표현하고 싶다.

8　카피라이터라는 직업은 어디까지 갈 수 있을까요? 혹은 갔으면 하나요?

제일기획 오창규　어떤 형태로든 어디든 언제나 존재할 수 있지 않을까. 인간의 본성에 가까운 일이라.

스튜디오좋 윤아영　카피를 보게 될 사람(소비자)들의 마음까지 도달했으면 하는 바람이다. 카피의 중요성이 예전과 같지 않다는 이야기도 많지만, 그래도 카피의 힘은 여전하다고 믿으니까.

TBWA 서준혁　시대는 계속 새로워지고 뇌는 계속 늙어가기 때문에 안타깝게도 직업적으로는 한계가 있다고 생각한다. 차라리 문학이었다면 늙어도 늙는 맛에 평생 직업이 될 수 있었을 텐데.

TBWA 정송이 카피라이팅을 잘하려면 생각을 잘 정리할 줄 알아야 하고 그 능력치는 결국 타인을 설득하는 피칭을 잘하는 능력으로 이어진다는 걸 깨달았다. 나에게 탑재된 리소스가 무엇이든 그것을 가지고 누군가를 설득하는 일이라면 무엇이든 할 수 있지 않을까.

무신사 이유나 카피라이터 만물가능설을 주장한다. 본질을 파고드는 일이라 모든 것들에 적용할 수 있기 때문에.

대홍기획 김민구 광고라는 단편적 목표에서 나아가 사회문화 전반에 좋은 영향력을 행사할 수 있다고 생각한다. 적어도 나는 그렇게 믿고 일한다.

카카오 전초원 메시지만 있다면 우주 끝까지.

TBWA 성미희 생각이라는 걸 가시화하는 곳 어디든. 흰 종이와 연필만 있다면 어디든!

네이버 한상균 누구나 '글쓰기 전문가'를 외치는 세상에서, 누구도 쉽게 말할 수 없는 업의 전문성을 지켰으면 좋겠다.

9 ─ **당신의 카피라이터 인생을 지탱하는 한 문장은 무엇인 가요?**

TBWA 정송이 좋아하는 걸 좇으면 좋은 사람을 만나게 되고, 좋은 사람과 어울리다 보면 좋은 일을 도모하게 된다.

무신사 이유나 좋은 파도를 맞이할 땐 주의를 기울이자. 나쁜 파도를 마주했다면 앞으로 즐거운 일이 펼쳐지리라 믿자.

스튜디오좋 윤아영 내일의 내가 해내겠지. 잘!

이노션 권연수 이 또한 지나간다!

제일기획 오창규 광고 하나 망한다고 내 인생 달라지는 거 없다.

대홍기획 김민구 아님 말고.

TBWA 서준혁 모든 불안과 망설임을 털어내는 한마디. '에라이'

네이버 한상균 네가 버리지 못하는 한 문장이 되고 싶다.

카카오 전초원 한 문장으로 뽑기 어려운, 내가 모아온 브랜드의 커피들.

⑩ ─ 커피란 무엇이라고 생각하나요?

제일기획 오창규 최선을 다해 다른 이의 마음을 짐작하려고 하는 일.

TBWA 정송이 세상에서 제일 잘 쓴 글이 아니라 세상에서 제일 잘 쓰인 글.

이노션 권연수 패가 한 개 남은 루미큐브. 어떻게든 될 것 같은데 어떻게 해도 안 된다(라고 2년차 시절 일기장에 적혀 있다. 생각대로 잘 되지 않는 시기였나 보다).

이노션 정현경 한 줄 한 줄 다듬는 정성 + 마지막은 항상 맞춤법 돌리기.

무신사 이유나 주어진 맥락 안에서 최고의 한 줄을 찾아내는 일.

대홍기획 김민구   아마도 영원히 능숙해지지 못할 일.

스튜디오좋 윤아영   정해진 답은 없다고 하지만, 좋은 건 신기할 만큼 누구나 알아보는 일.

네이버 한상균   누군가를 위해 태어난 말을 카피라고 부른다는 카피가 생각난다.

카카오 전초원   마침표 하나까지도 작은 역할을 맡고 있는 고도의 기술.

TBWA 성미희   누구나 할 수 있는 말로 아무나 할 수 없는 말을 하는 일.

TBWA 서준혁   카피는 고무총알. 제대로 노리고 노려서 급소를 정확히 쏴야 파괴력을 가지는 무기. '이 정도면 되겠지.' '이쯤이면 되겠지.' 정도로 대충 쏘면 파괴력은커녕 괜히 상대의 분노만 일으키는 꽤 난이도가 있는 비살상 무기.

카피라이터의 일

초판 1쇄 발행 2024년 10월 15일
초판 3쇄 발행 2025년 5월 2일

지은이 오하림
펴낸이 유정연

이사 김귀분
책임편집 서옥수
기획편집 신성식 조현주 유리슬아 황서연 정유진 **디자인** 안수진 기경란
마케팅 반지영 박중혁 하유정 **제작** 임정호 **경영지원** 박소영

펴낸곳 흐름출판(주) **출판등록** 제313-2003-199호(2003년 5월 28일)
주소 서울시 마포구 월드컵북로5길 48-9(서교동)
전화 (02)325-4944 **팩스** (02)325-4945 **이메일** book@hbooks.co.kr
홈페이지 http://www.hbooks.co.kr **블로그** blog.naver.com/nextwave7
출력·인쇄·제본 (주)상지사 **용지** 월드페이퍼(주)
후가공 (주)이지앤비(특허 제10-1081185호)

ISBN 978-89-6596-657-9 03810